蔡文甫作品集 07

磁石女神

蔡文甫◎著

目錄

船夫和猴子

尖而長的香蕉式木船，用鐵鍊拴在木樁上。船身被墨綠色水波鼓蕩得點頭晃腦，和岸旁裊娜的線柳相呼應。

長髮如柳絲的女孩，著紅衫白裙，裙襬鑲三道藍條。她沿水泥碼頭往下衝，如穿飛的蝴蝶。飛到船邊，併一雙赤腳跳上船，再旋轉身，伸出雙手接跑來的弟弟。

弟弟歪戴闊邊草帽，穿黃卡其短褲；捽開姊姊的手，一躍上船。船幫拍打水面，白色的柳絮向四處游移。姊姊忙向後走，撐開兩隻膀臂，維持船身平衡。

「過河啦——」弟弟雙手在嘴邊圈成喇叭，對準長堤上的小屋。「搖——船哪——」

貧血的太陽，從茅草屋脊旁往下墜落。駝背老頭扶住獨扇門，探首看渡船；再搖搖晃晃爬向碼頭。

女孩坐在船沿上，把一隻腳浸在水裡攪動著、洗滌著。弟弟脫下草帽，抓在手裡搧動揮舞。

老人艱難地挪到船旁，喘著氣說：「我一趟只渡一個人，隨便哪一個先過去。」

姊姊把洗乾淨的腳，放進船艙；艙底上的泥灰，隨即把腳染汙了。她用腳掌輕擊船身。「我們是一個大人，一個小孩，不算兩個人。」

「小孩幾歲？」

「十二。」

「超過十歲了，不行。只能渡一個！」

弟弟用左手食指頂著草帽，右手扯動帽簷，使帽子滴溜溜轉。「馬馬虎虎算了。我們是兩個小孩，等於一個大人。」

「你姊姊幾歲？」

「十五。」

老人沒有作聲，弓著腰橫跨了幾步，慢慢坐下；再蜷臥在沙灘上。泥濘的雙腳，伸在輕舔泥沙的河水裡。

「你們不聽話，就過橋吧！」老人舒展身體，柳蔭已全部覆蓋著他。「那邊有橋。」

七孔的水泥橋，有稜有角地架在河身上。男男女女悠閒地在橋上踱著，汽車一輛接著一輛閃過，隱約地聽到轟隆隆的車輛聲、馬達聲。

姊姊雙手摀面孔。「我們不要過橋。橋，走厭了。」

「我們的身體很小、很輕，船不會沉的。」草帽在弟弟指尖上飛快地轉動。「我們會游泳，會從河裡爬上來。」

老人蠕動身體，左掌心撐起下巴頦，左手抓起碎石和泥沙撒向河內。亮滑滑的扁肚皮魚，張大嘴巴，躍出水面，又一條條失望地沉入河底。

「這是我定的原則，原則不好打破。」老人的話和一把泥沙同時撒在水裡。「你們不該坐渡船的。渡一趟付一趟錢。」

女孩的目光，搜索到「收錢孔」。那是在中艙與後艙交接處桅眼的地方，用鐵釘鉗住一個四方形的木箱，箱蓋上鑿了撲滿式的扁形錢孔。在箱的四周都漆了「過河錢」三個大字。錢只能放進去，不能取出來。

姊姊看向弟弟。「你先過去吧！」

「妳不要想騙我，我一步都不離開妳。」

「那麼，讓我先過去，我在河那邊等你。」

「少廢話。」弟弟又把草帽歪戴在頭上了。「我們一道過大橋。」

橋上有一條黃牛，吃力地拖著四輪車，車上堆著凌亂的木塊。木塊上坐著一個戴斗笠的男人，手裡揚著皮鞭，抽擊著牛的屁股。

女孩的面孔仰向天空，尖銳的灰雲塊，貫穿紅日。一對蒼鷹，張著翅膀，站在緋紅的雲堆上。

她像蜻蜓點水，敏捷地跳下船，屈膝蹲在老人身旁。「幫幫忙吧，老伯伯。」女孩央求地說。「您怕危險，讓我們自己划過去。」

「船怎麼回來？」

「先拴在河那邊，我們去公墓，一眨眼工夫就搖回來。」她搖撼老人的肩頭。「好不好嘛？」

老頭停止拋撒泥沙。水面上浮有一片片橢圓形柳葉，迅速地跟著漩渦滑行。

「你們是去公墓嗎？」老人坐了起來。

「是的。坐船最近，走橋就遠多了。」

「你們是去掃墓拜祖先？不帶鮮花，也不帶焚化的紙錢？」

「老伯伯，你不曉得。我們去玩，不是拜祖先。公墓裡的人——不對，公墓裡所有的靈魂，我們都不認識。」

弟弟插嘴大叫。「姊姊說謊。媽媽告訴妳來找爸爸。媽媽說，坐渡船到公墓——」

「怎麼找法呢？你說。」姊姊跳起身，手尖指著弟弟。「爸爸沒有名、沒有姓，沒有墓碑，怎麼找法？」

河中兩隻白鵝喳喳叫，桃花瓣圍著鵝身打圈圈。扁肚皮魚，又張著大嘴躍出水面，白色鱗片，熠熠發光。

老人眼裡有一層灰色的霧，摸著沙石斜坡慢慢站起。「好，我送你們去。」他從對襟藍布褂口袋裡，摸出一串鑰匙，搖向渡船。

鐵鍊上的鎖開了，大家爬上船；木船觳觫地喘氣。

弟弟蹲在船頭，兩手抓船沿。「搖船槳呢？」

「我不用槳。」老人抓住橫在河面上的繩索，用力拉著，船幽雅地向對岸衝刺。繩索有酒杯口粗，繫在兩岸樹幹上，彎曲成弧形。加上拉扯的力量，繩索在半空抖顫、搖晃。

「船上應該放一把槳。」弟弟右手伸在水中，讓滾滾的水花，在手指空隙間流過。

「渡河的人可以划，繩斷了，你也可以划。」

「繩這麼粗，不會斷的。」

三人的目光都落在繩上。繩在老人的胳肢窩下滑退，但仍可看出表面發白發霉，像已不能擔負重荷。

男孩的注意力，突地跳到船夫的臉上。「老伯伯，你爲什麼沒有鬍子？」

「拔掉了。」老人得意地笑，笑容像飄在水面的桃花瓣。「我要跟你們一樣年輕；我要用鬍鬚絞一條長繩，替換我手裡抓的這一根。」

女孩站在船中央，分開兩腳，適應船的擺動。這時掉轉身軀面對老人。見老人的頭髮、眉毛灰白，臉龐和眼角的皺紋又深又長，但嘴唇四周光光滑滑有如嬰孩。

弟弟驚奇地睜著大眼。「拔掉就不長了？」

「鬍鬚是春天的野草，剃不完，拔不盡。拔了就長，長了就拔。你們看，我是不是很年輕？」

姊姊看著弟弟笑彎了腰。然後擡頭問：「老伯伯，您幾歲？」

「六十三。」

「要拔多久的鬍子，才能搓成一根繩？」

「不知道。我會慢慢拉渡船，慢慢等待。有事情等待，才活得有意思。」

弟弟聽得沒有意思，船未靠攏，搶著跳上岸。姊弟二人在長堤上徘徊很久，找不到去公墓的路。老人自告奮勇伴引他們。

夕陽從身後撲來，他們踏著自己長長的影子。老人和女孩都是赤腳，走在茅草路上、碎石路上，彷彿在受苦刑；唯有弟弟穿著膠鞋，前前後後跳躍著，催促著，歌唱著，像攫住了春天的整個生活。

轉了幾個彎，爬了一段斜坡，才看到一根人高的石柱，上面刻有「吉化鎮第九公墓」七個大黑字。

弟弟指著那「九」字說：「有第一公墓、第八公墓？」

老人答：「有。」

「真的死了那麼多人。」

「墓中不一定是死人，活人也可以建墓。」老人停下，用手揉自己的膝蓋。「如果你們喜歡玩，可以參觀我的墓。」

姊姊說：「我們就是來玩的。」

弟弟說：「我們橫豎找不到爸爸，跟你去玩兒，一定很不錯。」

他們在亂墳堆中走著。大的小的，方的圓的土墳、磚墳、水泥墳。墳的四周有長滿雜草的，有光禿禿的土坵卻堆滿碎石瓦屑的；有長著整齊的花草樹木的，也有四周圍著院牆的。有些墓前矗立著很大的石碑，有些只插了一塊可憐兮兮的木牌；有些墳場已被踏平，沒有任何標幟，只隱約地覺得那是隆起的小丘陵。

弟弟指著一個荒塚說：「這個死人沒有『門牌』，活人來了，怎麼找得到？」

老人說：「他活在世上，本來就寂寞。死了以後，也不會有活人來找他。」

「在公墓中間，就不會寂寞了是不是？前前後後有那麼多鄰居伙伴。」

老人沒答理。轉過彎，便見一條光滑的水泥路，通達高大的建築物。老人手指著說：「你們去開開眼界吧！我在這路口等你們。」

弟弟蹦跳地衝上前去，手抓著捲成一團的草帽。姊姊趕到那高大的墳場，弟弟已爬上樓梯，走到平台上去了。下面是墓地，四周遍植著羅漢松，圍繞著鋼筋水泥的宮殿式建築。有亭、有閣，亭中有塑像、有神壇；閣中有桌椅、有鐘鼓。平台四周有五彩的磚砌成的空心欄杆，亭閣中有櫸木的拼花地板。像別墅，也像廟堂。站在平台上，便見人工鑿成的月池，橫在目前，放眼可以看到長橋、木船、綠水；又可以看到蓊鬱的山林，綿長的公路，以及玩具盒似的城鎮。

男孩從樓上跳到樓下，再從樓下跳到樓上。「這墓裡的人死了沒有？」

「當然死了。」

「我覺得沒有死。活人怎肯替死人造這樣漂亮的房子？」

「我也不懂，」姊姊困惑起來。「我們去問那老船夫吧！」

老人已蜷縮在路口的相思樹下睡熟了。弟弟搖撼老人的胳膊，再抱著頭顱擺動，老人才慢慢睜開眼，打著呵欠說：「我已三天三夜沒睡覺，太疲倦了。」

弟弟用捲起的草帽敲老人的肩膀。「你爲什麼不休息？」

「我要日夜不停地祈禱。」

姊姊搶著問：「你信什麼教？」

「我不信教，什麼教都不信，我沒有信仰。」老人喘息著說。「我祈禱能多積一點錢，把我的墓，造得和你們看的那個墓一樣偉大。」

弟弟搶著問：「你爲什麼不和我們一道去？」

「我看了就嫉妒，嫉妒得要發瘋，嫉妒那個死去的鬼魂。」老人噓了一口氣，「你們去看看我的墓吧！我沒有辦法修得和他一樣好。」

男孩張開兩臂，學雲層上的蒼鷹；女孩踮著腳尖走著，防茅草尖刺著腳心。鑽過一排黃楊，掩掩縮縮的老人，突地精神抖擻，揮舞雙拳跳躍著喊：「這就是我永恆的家！你們看看漂亮不漂亮？」

「漂亮。」男孩跳著回答。

女孩說：「我看完以後，才能告訴你意見。」她兩手扯裙角，繞著圓墓旋轉。墓的四周，夾著龍柏和冬青。枝葉修剪得整整齊齊。墓地的面積很大，全是水泥鋪建；拱形墳場，留有活動石門，諒是將來放棺木用的。門上嵌一長方形大理石，中間鐫一行金色隸字：

樂善好施的渡船家劉公德禮之墓

弟弟眨動眼皮，抓住老人的膀子問：「老伯伯，你眞的姓劉？」

老人點頭。

「劉德禮就是你？」

「不是我是誰！」

樹上的知了鳴叫。沉重的車輪，碾在柏油路上呼啦啦響。

女孩走近問：「這墓眞是你建的？」

「我不建誰建？」老頭坐在墓前方形廣場上，兩手撐向身後水泥地，成半躺半坐姿勢。「我活得很寂寞，如果自己不建墓，將來眞會『死無葬身之地』！」

「你沒有兒女？」

搖頭。

「沒有親戚朋友？」

再搖頭。

「沒有同鄉、同學、同事？」

老人的頭搖得像博浪鼓。「我只是一個渡船夫啊！他們會為我做這種無意義的事？」

「那麼，你和誰住一起？」

「猴子，」老人笑出聲。「一隻通人性懂人意的猴子。」

弟弟竄在老人身旁，用草帽墊住屁股坐下，搖著老人膀臂：「猴子會不會講話？」

「不會。」

「會不會騎自行車，走鐵索？」

「不會。」

男孩翹起嘴唇說：「什麼都不會，有什麼好玩的？」

「猴子會看家，會學人的動作，你看了就會喜歡牠。」老人轉臉向姊姊。「小妹妹，妳還沒有告訴我，我的墓漂亮不漂亮？」

「漂亮倒滿漂亮。」女孩用腳尖在廣場旋轉肢體，裙子張開，撲打結實的小腿，「可是，我不相信是你砌的墓，我也不相信你是姓劉。」

老頭嘟著嘴，似乎很生氣。枯黃的冬青樹葉，繞著方場滾動；蛙聲嘓嘓叫。他拔下幾根眉毛，捏在手裡，骨碌地站起大吼：「如果你們懷疑，就去看看我門牌上的姓名。」

「好！」弟弟起身。「我要去你家看猴子。」

灰撲撲的厚雲，鑲上金黃的薄邊，太陽躺在雲堆裡偷笑。姊弟兩個坐在船上，可以看到對岸碼頭，等待渡船的男女老少，正排成一條長龍。老人抓著繩索，不慌不忙地拉船靠岸。

他們跳上碼頭，擺成長龍的渡客，搖向木船。但老人從艙底摸出一塊有鉤子的木板，掛在半空的繩索上。板上有紅漆寫的「渡船待修停止營業」兩排大字。

長龍中噓出長嘆。「等了這麼久，我們還是過不了河！」

弟弟問：「渡船眞的壞了？」

「我要陪你們，那是個藉口。」

姊姊跟在老人後面走，雙腳畫十字。「那些等船的人怎麼辦？」

「他們等吧！等不及，那邊有橋。」

長長的小屋建在土堤上，磚牆草頂，門開在一端。牆上的磚塊剝落，遍布了窟窿。

獨扇門旁，釘一塊木牌，上面是用墨筆寫的隸體字：

樂善好施的渡船家劉公德禮之寓

弟弟說：「把這最後一個字換掉，就可以掛到你的墓上去。」

姊姊說：「你這門牌有頭銜，有讚美的話，像名片。應該用鉛印，送每個渡船的人一張。」

弟弟說：「還可以賣錢，一張一塊錢。」

老人推開門，頸上套鐵鍊的黑毛猴，抱起雙拳對老人連連拱手。看到男孩頭上的草帽，便搶著去抓。弟弟在屋中逃避，猴子拖著鐵鍊在後面追逐。

「你給牠戴吧！」老人說：「不然，牠會撕破你衣服。」

猴子戴起草帽，學著弟弟走路跳跑的樣子。在屋子裡轉了三圈，便爬上桌後高背木椅。前爪抓著椅把，兩隻後爪蹺在長桌上。

屋裡的家具布置得很特別。靠牆橫擺一張單人竹牀，牀前是鏤空花的高背木椅，椅前是長方形書桌。書桌的右前方是一隻大的木桶；左前方是炊事用具。

老人說：「你們坐吧！」

可是，屋裡僅有的一張椅子已被猴子坐了。姊弟們只好分坐在竹牀上，老人坐在他們中間。竹牀吱吱叫，隨時有垮塌的危險。

姊姊雙腳踢著不平的水泥地：「劉伯伯，你住的屋子，眞沒有墳墓漂亮。」

「臨時的寓所，當然不能太講究。」

「永久住的地方，你不會有感覺，也可能沒法享受，那些未來的事，現在都不知道。」

「我現在知道，我現在看到。」老人固執地說。「將來也會享受到——」

弟弟聽得不耐煩了，大聲嚷道：「劉老伯，你拔下來的鬍鬚呢？」

老頭彎腰從牀下摸出一個木盒來，抽出盒蓋，裡面全是長長短短的鬍鬚。弟弟右手伸進去抓了一把，再輕輕放開揚起，讓黑色的、灰黃的、乳白的鬚毛，像瀑布似的從掌間流瀉進盒內；抓起再放下……

姊姊問：「這些夠絞一條渡河繩？」

「現在還不夠，將來會夠的。我爬進墳墓以前，我一定要搓一條長繩——」

男孩搶著問：「你孤零零的一個人，將來怎樣爬到公墓去？」

姊姊瞪弟弟一眼。「不要胡說！」

「他說得有理，」老人讚許地點頭。「我也想到了，所以把門牌和墓碑的字寫成一樣，希望慈善機構能找到我的墳墓。我已開始慢慢找年輕人，要他幫我料理後事。」

「你眞的沒有任何親人？」姊姊的眼圈發紅。「怪可憐的。」

「我有一個太太，還生了一個女兒，都走了。」

「你沒有去找她們？」

搖頭。

「她們沒有找你？」

搖頭。

「你想她們嗎？」

老人的頭低垂至胸前，長時沉默。猴子從椅上跳下，搖動老人膀臂，他彷彿突地驚醒，推開猴子，側轉臉問女孩：「如果我死了，妳能幫忙把我送到公墓去嗎？」

「你找她幫忙是白費力氣。」弟弟把木盒遞還老人，向高背木椅跑去。「明天就沒有她——她就不存在了！」

姊姊大聲叱責：「你少廢話！」

老人把木盒放回牀下。「小弟弟，你說說看，爲什麼？」

「今天是我姊姊的特別假日。」弟弟已像猴子似地坐在椅上。「她穿了新衣服，自由自在的玩一天，明天就把她賣掉了！」

「賣給誰？」

姊姊咬著牙齒，狠狠地說。「再胡說，我就剝你的皮！」

「妳敢！妳敢！」弟弟的兩隻腳擂響桌面，再側轉臉對老人說：「賣給不認識的人，去做不要臉的事。」

「賣多少錢？」

「不知道，有一大把。」弟弟坐直身體，伸長頸子看著前方的木桶，再大聲叫：「有你錢桶裡那麼多。」

女孩雙手摀臉孔，像又羞又惱，立刻要大哭的樣子。但過了很久，仍沒哭出聲。

老人柔聲問：「妳弟弟講的話是眞的？」

姊姊微微點頭，走向木桶，老人跟在她身後，弟弟爬下木椅，直直地躺在竹牀上。

猴子俯身木桶，抓起一把硬幣，兩手捧著搖晃了一會兒，再讓錢幣從爪間滑下。接著又抓起一把，抓起一把……屋中充滿嘩啦啦、嘩啦啦錢幣聲。男孩在鬧嚷的叮噹中閉起雙目，一會兒便發出鼾聲。女孩圍著木桶打圈圈，露出貪婪目光，盯著那亮滑滑的鎳幣、銅幣、銀幣，喉頭骨碌碌響。

老人問：「妳不是媽媽親生的？」

「是。」

「她爲什麼那樣做？」

「爲了生活，爲了錢，錢，錢，錢。如果我有木桶裡那麼多錢就好了。」女孩俯身木桶，像猴子一樣，抓起一把錢，合在手裡搖晃著；但猴子立刻竄來，爬在她身上，搶奪她手裡的錢。

女孩嚇得張嘴大叫，忙拋掉叮叮噹噹的硬幣；但黑猴還用兩手在她身上搔抓。老人大聲吆喝，毛猴才放開女孩，摔掉草帽，四足落地，繞著木桶轉了一圈，又繼續去玩那叮噹響的錢幣。

老頭警告倚在木桶上的女孩。「妳該離錢桶遠一點。猴子見妳靠近錢，牠會抓破妳的衣服，撕破妳的皮和肉——牠不願意別人拿走一個小錢。」

「你說牠會看家，原來就是會管錢？」女孩已離開錢桶，倚在門邊，眼神仍射向亮滑滑的錢幣。

「是的。」老人臉上的皺紋擠得更緊。「我喜歡錢，猴子也喜歡錢。我稍微訓練牠，牠就懂得管錢了。」

「可是，猴子要錢有什麼用？你要錢又有什麼用？」

「我用這些錢，在我的墓上建七層高的塔。」老人的神情亢奮，手足揮舞，邊說邊坐到高背木椅上，像猴子一樣，把兩腳蹺在桌面。「我要把我的墓，築得比任何人的高大、雄偉、壯麗！」

「你將來怎樣爬到你的墓上去？」

老人的臉仰向屋脊，眼瞼閉合，兩隻手臂緊抱著頭。蛙聲鼓鼓，鵝聲喳喳，蟬聲了了；喇叭嘟嘟怒吼。

女孩抓著裙裾，赤腳在屋中跳著、舞著，連連迴旋。像蝴蝶翩飛，桃花綻放，柳絮謝落。黑猴又戴起草帽，抓著鐵鍊，跟在女孩身後，學樣跳著、舞著。

「劉伯伯，你把這些錢借給我，我拿去贖回我的自由。」女孩捏著嗓子像唱歌。「我會還你，我也會為你建高墓；將來我要親自送你到墓上去，幫你豎一座大墓碑。」

「不行，不行。」老人兩腳放下，從椅上站起，伸直兩臂亂搖。「我不相信妳，我不相信任何人；將來我會寫一張遺囑，貼在我的門上、船上和墓上。使看到的人為我出力，為我幫忙。我不會借錢給妳。妳是個孩子，想得太天眞，說的全是童話。」

女孩停止舞踊，兩腿叉開，霍地坐下。長髮披散在滿頭、滿臉、滿肩，兩臂伸直微微翹起，彷彿擔負著整個宇宙。

屋中突地靜寂下來。毛猴癱臥在地上，老人蜷縮在椅上。光線收斂，一片黝暗，黑色的霧擠壓在三度空間，一切的景物均已隱沒。

女孩慢慢撐起，在屋中輕颺著；然後走到門旁，掉轉身軀對老人說：「我先走了。如果我弟弟醒來，請你告訴他自己回家吧！」

老人沒來得及回答，弟弟已從竹牀躍下，衝到姊姊身旁大嚷：「妳怎麼好逃走？媽媽教我釘住妳。妳走了，我怎麼辦？媽媽明天交不出人怎麼辦？」

弟弟抓住姊姊的胳膊，絞纏著走向黑洞洞的夜，老人俯身在木桶旁，和猴子一樣，抓起一把錢幣，讓它們躺在手上，慢慢流瀉。瀉完了，再抓起一把……

突然，老人擡頭轉身，用手敲擊玩錢的猴子草帽，呢喃地說：「他們渡河的船錢呢？」

猴子擡起頭，惶惑地看著老人半晌；接著便摔脫草帽，在黑暗的小屋中，兩腳豎立，兩手揮舞起來。

隔閡

媽不該來的，但還是陪我來了。她說在家悶得慌，出來走走，看個電影或是欣賞什麼歌舞表演之類的節目，許會舒服些。

走在電影街上，媽還是打不定主意看什麼片子。打鬥片嫌殺氣重，文藝片悲悲泣泣，替「古人」擔憂划不來。在家就活得愁眉苦臉不耐煩，出來尋開心，還要流眼淚，擤鼻涕，才叫不夠意思。

實際上，平時就看不出媽有什麼不開心，東家西家串門子，還走向張家王家「逛花園」，有時也在家裡來個「清一色」、「雙龍抱」。頭都被賭客叫大了，媽媽卻認爲很「衛生」；不「衛生」的事，全是弟弟惹來的。把別人打傷了，找上門要賠醫藥費；偷錢逃到遠處玩個三五天，學校通知退學；女同學的母親來了，不讓弟弟再和她女兒在一起……媽媽總喜歡對客人說，弟弟能和曉梅姊姊一樣就好了，全不要費心煩神，說多聽話就有多聽話。

不聽話，肯違背心願和媽媽逛電影街？馮大坤這小子太不夠意思，約好騎摩托車來看這文藝片「生死恨」的，但電影院的前後左右，看不到那個鬼影子；說不定他眞是出了什麼橫禍，他們要變成「生死恨」的一對犧牲者——這年頭騎摩托車怪時新，怪神氣，但生命有百分之九十九的機會，操縱在死神手裡。出了事是活該，誰叫他不接受意見，超速、超車、闖紅燈……老是不守交通規則，出了事能怪誰。

儘管這樣說，這樣想；如眞出了事，拿不準會傷心、難過好幾天，馮大坤總是爲赴約才罹難的。

自己禁不住笑出聲。只是在電影院門前找不到馮大坤，怎好咒罵他死於車禍？

好吧，媽媽既然不喜歡這部片子，到別家電影院逛逛也好；死等活等等不到，媽媽也許會起疑心——她從不關心我的生活和交遊情況，我也懶得告訴她。玩一天，算一天；如眞的和媽談起馮大坤，媽穩要反對。那樣的事，不在這兒談，還是找個適合的片子，坐在電影院，打發這消閒的周末下午。

「鏢客」的電影早看膩了。什麼「黃昏」的，「烈日」的，「風雨」的，現在又拍成什麼城市的，原野的；單人的，雙人的……全是那一套沒有創意的翻版劇作家、導演、製片人，再騙不到觀衆荷包內的鈔票了。

這家歌舞片不錯：場面大，笑料多，輕鬆愉快，就是這一家吧。

反對，但說不出理由，硬起頭皮，跑向售票口。雖然講好由我請客，媽媽也該客氣一下。我拿的薪水又少，還要買衣服、皮包、高跟鞋、化妝品……每個月總是「寅吃卯糧」；高中念完了，有了職業，當然不好意思再手心向上，媽媽能慷慨些就好多了。爸爸很少回家，但每個月寄回的錢，不是四千，就是五千，媽媽怎會用得完，除非存起來生息、防老。

媽媽絕不和我談論這些，仍認爲我是孩子。但我知道爸除在南部經營工廠外，還建立了一個新的家；算是放棄了媽和我們，僅靠協議的每月固定家用，算是代替做父親和做丈夫的責任。

爲了買電影票，想得那樣遠，眞是不合算。兩張特別座，全票。落得大方到底。

鈔票已塞進殘月式的弧形小洞，又用中指、無名指的指尖捺著拖回來。不是小器，是見了我不願見的吳良海，在另外一個窗口買票。

隔著一道木欄杆，吳良海發出神祕而得意的笑容，似乎在譏訕、嘲弄……他有什麼資格用這樣態度對我，是因爲他身旁有個女孩子，吊在胳膊上，就可以傲視一切，睥睨一切！

他說：看電影嗎？

不想回答，從鼻腔發出一聲輕蔑的哼唔。

一個人嗎？

眼睛長在腦殼上，轉頭就可看到媽。還要假癡假呆裝蒜。他原住我家隔壁兩年多，認識所有的人，今天竟如此短視，瞧不見穿戴整齊乾淨的周伯母。伯母長，伯母短的日子消逝了，捏著指尖算，已滑去六個年頭，一切全變得絢麗、光輝炫目，那黯淡、渾黃、晦澀的日子，慢慢隱褪得無影無蹤……

可是，見到吳良海，那窖藏的記憶，又從燃盡的灰燼中突地舒展、膨脹。心境恍惚迷離，我無法箝制自己的思緒和言語，糊裡糊塗地說，不一定。

我請客好了。

誰說我要看這電影？

你不是在買票？

誰看這低級片子，正在退票——我揚一揚手中的花紙，皺皺鼻子，旋轉身向回走；眼睛沒放過他身旁很有「ㄚ頭」味的小太妹。「披頭」、「阿哥哥裝」、「阿哥哥鞋」、裙子「迷你」得要命。不論多好看的女孩，纏在他身旁，算是一文不值。

絕不是酸溜溜的味道。背後有噗哧笑聲，不想回頭，也不願計較，只考慮怎麼向媽交代。

媽張著雙手問：票呢？

我不要看。

目光注視我面龐，有如兩支冰箭。總要想點理由遮掩自己的心虛和逃避的事實。

買票的人太少。任何人都可看出影院門前零落的人星，這理由算是正確。

怎麼樣？

賣不到兩成。

媽的眉頭皺成枯葉狀，內心似作考慮式掙扎。她喜歡看觀衆擁擠的影片，像是根據人數多少決定優劣。片子再好，沒有人看，媽就不願進場，何況這是乙級的歌舞片。

媽媽雙手向前指。吳良海不是在買票嗎，還帶著一個女朋友呢。

各人的胃口不同，我們怎能學別人樣！

有熟人不是熱鬧一點嗎？

這和媽平常的習慣不同。既不是她喜歡的影片，觀衆又少得可憐，怎想在這兒留戀、流連？我不能再忍耐或是含蓄不語，憤怒而又大聲地說，就是因爲有熟人，我才不看這家電影。

理由呢？

我討厭吳良海。

母親屈指算了算：那時妳還是個孩子。

不錯，是孩子，誰都把我當作孩子；在媽的目光裡，我永遠長不大；可是在吳良海的眼中，六七年前，我就和別的孩子不一樣。

他說，周曉梅越來越漂亮，越長得像個大小姐了。

聽起來，眞使人感到臉發燒，頭發暈，眼光低到膝蓋，不好意思撐直脖子看人。才十三歲，多麼怕聽，又多麼愛聽讚美自己的話。

可是，他仍一句句的不放鬆。妳爸爸不回來，媽媽常出去，一個人在家不嫌冷清嗎？

有弟弟陪我。

他還是個孩子。

吳良海眞壞，明明降低弟弟，就是暗暗擡高姊姊；內心樂得癢癢的，俏皮又有點撒嬌地說，那怎麼辦？

來這兒玩啊。我們會歡迎妳，招待妳，妳高興怎樣就怎樣。

穩是看中我和他們的下女阿雪要好，才逗我這孩子尋開心。媽媽出去「逛花園」時，常拜託阿雪當心我們的飯和菜，代管洗曬的衣服，代收掛號信件。她替吳良海他們四個單身男人掃地、洗衣、做飯，有的是時間，便在兩處跑來跑去；我也無拘無束的跟著阿雪穿門入戶，阿雪在廚房忙碌，我會在客廳，在吳良海的書桌上看故事書；彷彿就像在自己家裡自由自在。

那院內另外三個人都把我當成孩子不理不睬，只有吳良海瞧得起我和我談笑，不由就特別喜歡他。這怎能算是我的錯，我才是個十三歲的孩子，想不到那麼遠，也不知道他有多麼壞，多麼髒。

當時吳良海躺在牀上看報紙（那該是個星期日的上午，大家出去了，我推院門進去，阿雪正上街去買菜。）他藏起兒童故事版不給我，毫不考慮地到牀上去找。他抓著我不放鬆；我們在牀上打著、揉著、滾著，很好笑，也很好玩，可是他的手慢慢壞起來，不像大人對孩子遊戲。動作粗魯，眼神和表情像是很憤怒，也很緊張，彷彿隨時要把我吞下肚去。掙扎、逃避、喊叫、謾罵……用牙齒咬他的手臂、肩膀，他都沒放開我，一點一點的欺侮我，我想自己是完了，一定會在他手裡倒楣；就在非常危險和緊要的關頭，我聽到開動院門聲，阿雪的咕嚕聲。是阿雪忘記帶錢包，從市場趕回救了我。她見我面紅氣急，頭髮衣服亂糟糟的，就問怎麼回事。

淚水突然湧出眼眶，差點哭出聲。

阿雪摟著我問，沒出什麼岔吧？

我搖搖頭說，好險。

他是個又懶又髒的壞蛋；我早就臭罵過他；不願意留在這兒工作；想不到會找妳這個孩子的麻煩。

央求阿雪不要告訴媽。決心再不去吳良海那鬼地方；阿雪很快的離開，壞蛋也搬走了。她已不是孩子，而壞蛋卻帶著蹦蹦跳跳、乾乾淨淨的女友，故意討好、賣弄、獻慇懃，掩飾自己，掩飾自己的醜惡。

媽媽永遠不會知道這些；她不關心，我也不便訴說發霉發臭的故事。但總要想個討厭的理由搪塞一下，免得把問題擱在半空。

我說，他又懶、又髒、又醜……

男人總是那調調兒。

別個都比他強。

媽媽看看吳良海，又打量掛在他膀臂上的女孩，讚許地點頭，現在很像個人樣兒……

沒等說完，我就扯著媽胳膊朝另一個方向跑。媽直打踉蹌，邊走邊埋怨：這孩子發什麼狂？

我不要看歌舞片；還是看「生死恨」過癮。

妳還是個孩子，懂得什麼「生死」，懂得什麼「恨」！

默默急走，避開話鋒。媽媽是個好人——脾氣好，性情好，不經常堅持己見。對打鬥片、歌舞片或是文藝片都無所謂。今天連喜歡觀衆多的原則也被打破，要賴在那兒和吳良海攀往日近鄰的那份交情——媽絕沒想到女兒又懂得「恨」，又懂得「愛」，受不了往日痛苦的回憶。

也許媽的苦痛更多，看清了「生和死」，經歷了「愛和恨」；爸爸僅是寄生活費來，媽就感到滿足？「清一色」、「雙龍抱」以及兩隻手心平鋪在那滑溜溜的骨牌上，搓抹得嘩啦啦響，可以填補又愛又恨的空虛？

是的，我一點都不了解媽媽，不知道媽媽在這十年內是怎麼生活的；現在更不是研究和了解的適當時機，要趕緊去看看那呆頭鵝馮大坤，怎麼到現在還沒來；不是出了車禍，就是良心變壞，若是發現了其中任何一項，我都受不了那打擊。

我已把媽牽引到觀衆麕集的地方，用新理由說服她；懂不懂沒有關係，這兒人多、熱鬧，大家喜歡「愛」啊，「恨」啊，爲什麼我們不跟大家走！

今兒不行，我有自己主張。

出乎意料之外，媽媽今天對看電影這樣小事，竟會如此認眞。剛出門時，彷彿對一切都沒有主張哩！暫時不要理她，先張望四周，仍沒馮大坤的鬼影子。他沒有固定職業，僅靠推銷人壽保險過生活，眞像沒根的浮萍。媽媽預料中的女婿，是有經濟、事業基礎的金龜婿。她自己本身已吃夠爸爸的虧，還願意女兒走上老路。可是，媽的話給聽膩了，我就不相信馮大坤將來沒飯吃，靠不住，他是一個很活躍的男孩子——今天諒是一個突發的偶然事故。

母親掙脫我的手，唇邊喃喃不絕，似在說服自己。我要去那邊看，一定要去……

媽去看吧，我在這兒等——

可是，他不在這兒，在那兒！

誰說的？

媽比我更吃驚，逸散的眼睛從遠處收回，似在懊悔自己的失言，接著問：

妳等誰？

我等一個人——一個媽不認識的男人。

媽似乎對我的話不感興趣，許是不願聽我所提到的人，已愣愣地慢慢向另一家電影院走去，彷彿在追蹤一個固定的目標。

馮大坤仍不在眼前，可能是來到這兒，沒見到我又走了。儘等爽約的人也不是滋味，還不如跟著媽媽走，看看吳良海那一對活寶，到底怎麼樣。

媽不像剛才那樣慢吞吞向前，而是搬動又快又急的步伐，衝向售票口買票。雙手掏錢包，眼睛仍捨不得放鬆注視入口處的柵欄。

怪嘍！吳良海和女友絞纏在一起，盯緊玻璃櫥窗的劇照，母親並沒瞄他們一眼；那麼究竟注意誰？

我看到了，一個男人的側影，很熟悉。心裡突然暴起一個疙瘩。那是爸爸，爸爸右手還牽著另一個女人。不用說明，那一定是和爸爸同居的女人。他們沒有想到媽媽和我就在附近，顯得很親暱，很自然，宛如一對正式夫妻。可是，媽媽怎知道他們在這兒，是預先得到消息，還是臨時的「巧合」？

隱隱約約知道，媽平時有派耳目在爸身邊，探聽消息。沒問過，問也不會告訴我這個孩子。從今天這情況判斷，該是事實。但我在此刻不能裝傻，大聲問：

媽已看到了吧？

妳是說看到吳良海他們？

那算什麼——我是指看到爸爸和……！

媽用手指豎在唇邊，阻止我再說下去，彷彿怕被別人聽到。實際上爸早已走進電影院，吳良海還隔著我們一大段距離。忽聚忽散的觀察，怎會關心我們的談話。

電影院外面的零落人群陸續進場；吳良海扶著女友擠進柵欄時，還避著女友，斜睨著眼對我笑，看不出那是表示得意還是討好。我噁心得要嘔吐，猛吐一些唾沫在半空。媽媽沒有注意到這些，踩著碎步，更像踩著滿肚心思（和平時那種串門子，「逛花園」，嘈雜鬧嚷高嗓門的調調兒，完全不同），在滑溜溜的水泥地上蹭蹬，踟躕。

對媽這樣猶豫的態度，我心底升起憤怒和不平，不能再緘默忍耐了，大聲反問：媽眞要進去看電影？

當然。

和他們同在一個屋頂下？

身後。

當然。

那有什麼用呢？不能吵，不能罵；進去找不到他們，看不到他們，只是白受氣！

媽似乎沒有把我的話聽進耳中，筆直地衝往入口。我的腳步略作停頓，也跟在媽的身後。

是的，仍有很多時間可供考慮。雖然進去了，看到不如意或是不順眼的事還可以出來。馮大坤不重視約會時間，我正可藉此機會逃避。

電影院內漆黑，片頭的介紹畫面，如波浪地洶湧，更聽到澎湃的潮聲配合著爵士音樂，捶擊著惶惑、窒悶的心靈。

服務的小姐用閃晃的手電筒微光，領我們在一個侷促的角落坐下。視力適應黑暗後，只看到鱗鱗的頭顱，擠塞在全院，爸爸或是吳良海，都被人潮掩蓋，分不出彼此。

媽媽後悔不該進來，但我卻高興沒有受到吳良海的壓力。如果在我的前後左右，擠坐著他倆，就沒法待在這裡。現在看不到他們，頂多感到姓吳的呼吸、脈搏、血液……和我在弧形的圓穹中應和、環流。姓吳的更不知道我在這兒窺伺著一切可能發生的事故。

但瞞不住了，銀幕旁的幻燈出現幾個銀白字跡：「周曉梅外找，大坤。」

又是媽比我先驚訝：他為什麼要找妳。

我們約定的。

妳爲什麼沒告訴我！

媽沒問。

馮大坤也沒講——

你們認識？

哦——

那聲音拖得很長，下面似仍有不少話要說，但我已縱身起立，突地察覺媽的手臂似乎想抓住我，不讓我活動。可是我已跨進通道，躍向大門，離開吳良海呼吸的空間。血管裡充滿興奮、愉快的浪濤，可以按照原來的計畫度這個周末了。

見馮大坤站在門外，我的怒火又燃燒得熊熊發光。爲什麼來得這麼遲？

我的車子出了一點毛病，撞傷一個小孩，送醫院包紮耽誤了約會時間。

我是該問孩子或是他受傷的程度怎樣，車子的故障有沒有修好；全忍住了，從心底另一角度，挖出一個問題：你怎會知道我在這兒？

去那邊找妳不到，便想到妳和伯母在一起……

你認識我媽，也知道她要來看這低級片子？

當然知道，我是被僱為他工作，推銷保險是副業——怎麼？妳不要難過，遲早妳會知道她的想法和做法，她也會知道妳……

我撤身向回走；任憑大坤在鐵柵門外叫嚷，就是不理不睬。我該感謝他告訴我這些祕密，但自尊心不讓我這麼做。我太不了解母親，母親對我的了解又有多少？馮大坤對我們這個家庭，又了解到什麼程度？

木舟上

劍平蹲下身來，雙手拉著狹長小木船的船頭，讓船身前半部擱置在沙岸上。然後他扭轉脖頸說：「上船吧！」

素蘭摘下頭上的闊邊草帽，並著兩腳跳上船。木船經猛烈震動，便全部駛進河中，劍平差點跟著滑下水去。

他兩手撐在膝蓋上彎腰站著，見她岔開兩腳，右手扠腰，左手平舉著草帽，像馬戲團走鋼索的姑娘要保持身體平衡似的。她的身體左右搖晃著，船的兩側拍打著水面，浪花連續翻滾著，層層波紋慢慢捲向河心。

「不要這樣孩子氣了，」他說，「當心掉進水裡去！」

「掉下水又有什麼關係，你看——」她噘一噘嘴。

他順著她嘴所指的方向去看，很多人浮沉在河裡，像一群飄蕩的鴨子。一些站在淺水裡嬉笑的女人們，正暴露著新奇的游泳裝和飽滿的胴體。

太陽垂直地射在他的頭上，滾熱的沙子像是溶化了灌進他的鞋內。他覺得他必須立刻跳進水中，才能消除這熱浪；但事實上他卻不能這樣做，他要和她去划船，划到那無人去的僻靜地方……

「妳坐下吧，我要上船了。」他說。他已收回視線，注視在她那具有稚氣的臉上，她正微笑地看著他。他和她在一起，便覺得世界上只有他們兩人了。她的蓬鬆的如火的大紅裙，隨著船的搖晃，有節奏地鼓動著，他的心也熾熱起來。

她戴上草帽，安靜地坐在船的一頭，他慢慢跨上了船，面對著她坐下，遞給她一枝槳。於是，他們便開始划起來。

「我們要去僻靜的地方嗎？」她說，用心地划著槳。

「當然。」他想，她也和他有同樣的感覺了。他已對準那斜彎駛去，過了那個彎，就很少有人到了。

「不要讓別人看到我們，」她說：「我媽媽叫我不要和你在一起了，他說你是結過婚的人——」

「那麼——」他感到一陣憤怒，像自己的短處被揭開，突然有要揍對方一拳的感覺。但他終於抑制住自己的衝動，凝視著她，她戴著蝴蝶式深黑色的太陽眼鏡，他看不到她的眼睛，她的臉上卻有著嚴肅的表情，已不像剛才那嬉笑的樣子了。「妳為什麼又來了？」他說。

「你知道，」她說：「她是我的後母，我不大聽她的話，聽她的話，我就不來了。」

他沒有回答，只有那槳在水中發出「嚓嚓」的聲音。她的話挖痛了他的心，雖然她話中並沒有責怪他的意思，但她是那樣年輕，那樣的信任他，而他卻使她處於這樣不利的地步，他太對不起她了。

「假使你沒有結婚多好呀！」她嘆口氣說。「你為什麼不早點告訴我呢，我早點知道，就不會像這樣——」

他的槳在水中輕輕提起來，沒有插進水去，他怕水聲敲碎了這完美的語句。這句話該是：「就不會像這樣愛你——像這樣認眞的愛你了。」

但她沒有接著說下去，卻喊了起來：「把定方向呀，我們失去方向，便永遠達不到目的地了。」

他把橫過來的船，調整得向前駛行，他們又慢慢地划著。他沒有聽完她要說的話，覺得很懊喪，但他想到他會有時間問她的，馬上就可以解決這個問題了。她怪他沒有早點把他結過婚的事告訴她，他怎樣告訴她呢？二年前，他是她的家庭教師，一天，她要和他一道去看電影，他們就去了，在電影院裡，她的臂膀和腿緊緊貼著他，他覺察到她急促的呼吸聲，像是激動得很厲害。於是，他握緊她的雙手，沒有想到她以後竟會這樣認眞起來。

「妳並沒有問我啊！」他說。

「問你？」她驚訝地說，好像已忘記剛才所說的話；但她立刻就醒悟過來。「我怎好問這件事呢？你能暗示一下就好了，譬如說你的太太怎樣，你的孩子怎樣；眞的，你最大的孩子幾歲了？」

「八歲。」

「天哪，你結婚爲什麼要那樣早呢？」她問：「結婚以後幸福嗎？」

他覺得她今天的話太多了。他不願回答她這個問題。婚後生活用簡單的「幸福」或「不幸福」是不能說明的，她還是個孩子，難怪她要這樣問了。

「那麼，你愛你太太嗎？」

「我——」他想，她問這句話是多麼沒有意思。結婚，生孩子，每天生活在一起就是「愛」嗎？或者鬥氣，吵嘴就是表示「不愛」嗎？她爲什麼老喜歡用這種穩定性的字眼呢？「我不知道。」他說。

「一個人無法說出自己的感覺，是多麼的可憐啊！」她問：「你太太是怎樣的一個人呢？」

她是怎樣的一個人呢，在電影院裡想睡覺，陪她出去散步嫌浪費時間，成天就是生活，孩子，孩子……

「她是一個普通的女人。」他答。

「對啦，在沒結婚以前，她是一個美麗的女神；結婚後，她就變成一個普通的女人了。你們男人都是這樣，你說，我還應該結婚嗎？」

他想，這該是個好機會，他要抓住這個機會，把他若干天來難以說出口的話告訴她。她現在是一個女神，結婚以後仍是一個女神。他雖然結過婚，有了孩子，但他可以離婚的呀！他馬上就要準備和太太離婚了。

「正常的人，都應該結婚的。」他咳了一聲，想使乾燥的喉嚨滋潤些，預備接著說下去。一個男人的頭，緊挨著船旁冒出水面，他的槳幾乎敲著他的脊背，那人傍著船側向前游行，他的話無法出口了。這時船已駛近斜彎，那岸旁有一棵蓬大的榆樹，他可以把船停在樹蔭下，和她靜靜地談話的。

「我才不願意結婚呢！更不願意和我的表哥結婚。我的表哥你認識吧——我後母的姪兒？」

「是常見到的那個戴近視眼鏡的——？」

「一點兒也不錯，」她說，「他昨晚就向我求婚了，昨晚你爲什麼不去呢？」

一陣冷氣從心底上升，他立即有一種酸溜溜的感覺，他說他昨晚臨時有要緊的事，所以沒有去，覺得很抱歉。當然，這是他說謊，他的太太昨晚和他吵得很厲害，她已全部知道他們的事，他們夫妻間的感情算是完全破裂了。所以他今天約她出來，要和她徹底談一談，現在他慶幸自己昨晚沒有去她家了，去了以後，眼看著她的表哥向她求婚嗎？

「昨天我一直很快樂，」她說：「那是我二十歲的生日，今後我就是一個大人，就要改變以前的作風，不再有孩子氣了。」

木船已停在樹下。樹蔭覆蓋著他們，只有從樹隙中透過一閃閃的圓光滑落在他們的身上。素蘭摔掉草帽，翹著小指摘下太陽眼鏡，斜躺在船頭上，左手伸在河裡擺動著，頭髮垂向水面，身上突出的部分更加突出了。他覺得她很美，很可愛，但這時他不想告訴她。

這時，他正想到他上午出來時，他的太太坐在門旁洗衣服，她搓呀搓的，水盆裡的肥皂沫，一個個的鼓起來，像睜大眼睛瞪著他。他沒有看她一眼就出來了。她在年輕時，也和素蘭一樣的具有誘惑力；可是現在他卻不想看她一眼了，將來素蘭是不是也會變得和她一樣呢？

「妳還沒有告訴我哩，」他說：「妳已經答應妳表哥的求婚了嗎？」

「答應？」她笑了起來，把水裡的一隻手提起，橫握著她自己的喉頭。他看到她五個指甲塗滿了鮮紅的蔻丹，「他沒有錢，沒有地位，長得也不討人喜歡，你說我該答應他的求婚嗎？」

他感到從河面升起一陣熱霧，突然間他像被關閉在一個不透氣的玻璃櫃裡，窒息得使他喘不過氣來。汗從每個毛孔裡滲出，然後凝聚著在他的面頰上、手臂上爬行著。在熱霧中他矇矓地看到她的身影，但愈來愈模糊，他彷彿已不認識她了。是的。她已長大了，長大得能認識社會，踏進社會了。

「我覺得妳該答應他，」他說，「妳表哥是一個好人哩！」

「好人，好人値多少錢一斤？」她坐起戴上眼鏡，抓著草帽當扇子搧著。「我眞蠢，爲什麼要和你討論這個問題，現在我問你，你約我來要告訴我些什麼呢？」

他瞪著她，眼角裡覺得一閃圓的小白光，掠在他的左頰上，汗珠在那白光旁向下流著。他用舌頭去舐那鹹性的汗水，他眞不願張口說話了。

「我要告訴妳，」他覺得自己的聲音從很遠處飄蕩著，像不是從自己口中發出的。「妳應該聽妳母親的話——」

「這還要你告訴我嗎？」她戴起遮著她全部臉的大草帽，又拿起木槳。「我早已知道了呀！」

他跟著拿起了槳，默默地向回去的岸邊划著。

醉之舞

五百西西機車顛簸搖晃，衝上人行道，再滑入走廊，噗噗地喘了一陣氣，萎縮在壁根，像個英文字母大寫的「T」字。

陸世泉雙腿哆嗦地跨下車，心底輕鬆了不少。沒有醉，最起碼沒有醉到闖紅燈，迷路不知回家的地步。

銀灰色大門虛掩著，屋內溫暖和安心的氣氛吸引他。他踉蹌地推開門，抹去染汙的白色粗線手套，正想和平時一樣，往窗口的長沙發拋去，但擡頭便猛吃一驚。客廳中全是人，男男女女，老老少少，三個成堆，五個成團，嘰喳鬧嚷．而光線昏暗模糊，紅色、綠色霧靄瀰漫於整個客廳。

他驚愕而又詫異，是酒醉後的世界矇矓、混沌，抑或是闖錯門戶，走進了陌生人家？

腦中已萌起後退的意念，人群中隨即揚起一聲熱浪：「爸爸回來了！」

男女和聲：「歡迎，歡迎！」

掌聲辟辟拍拍，歷久不息。

陸世泉的酒意消去不少，仍摸不清是怎麼一回事。但二女兒珍珍一步步向他走近，笑嘻嘻地問：「爸，生日禮物呢？」

想起來了，今天是珍珍的二十歲生日。珍珍或是她母親早已向他提過，連當時怎麼回答都忘了。這是沒有辦法的事，十八個兒女，有多少生辰輪流出現，他能一一記住？

孩子們的事兒眞多；那個傷風，這個感冒；大的升級，小的留級；男孩考取了，女孩又落第了……實在攪不清。幸而他們的母親記得很牢，一絲一毫都不放鬆——對自己生的孩子權利不放鬆。他們有兩個母親，卻苦了他這騎摩托車的父親，奔馳於平行的兩條街道之間。

他剛從另一條街駛來。如果按照先後順序，那條街是第二個家庭，而這兒卻是老家。

老家的氣氛如此，確實沒有料到。珍珍用企盼的目光盯著他，他結巴說：「禮物後補吧！」

「不行，不行。」珍珍扭動身體撒嬌。「生日過後，爸爸就賴皮了。」

女兒衝著父親說這樣的話，有失禮統；何況當著那許多男女老少的客人。正要板起面孔教訓幾句，但大家卻呵呵笑著喊：「請不要賴皮！」

這是個歡樂場面，不容許有殺風景的言行發生；他還是暫時避開的好。

「不會，不會。」爸爸的腳步向內移動，把染汙的手套塞進自己褲旁插袋。這兒是年輕人的園地，沒有老人插足餘地，他還是進去找他們的媽談天說地話家常。

珍珍張開了兩臂攔在他身前：「爸陪我跳一支舞。」

「不，不。有這麼多年輕人，妳該招呼他們。」

「我已長大成人，按照西洋規矩——」

「我不懂。」他連搖雙手。但心底知道她是爲了不讓他走，才找出理由纏他。

電唱機的低音喇叭調整得最高，鼓聲像一記記敲在他心尖。不知是怎麼開始的，全體的手掌，均應著節奏，和著鼓槌，不快不慢地拍擊，似在催促他起步。

「爸先跟我開始跳。」珍珍的手已搭在他肩上。「然後，我介紹一個漂亮的舞伴給爸。」

腳步開始滑動了，但心裡十二分不自在。珍珍是從母親那兒聽來關於他的一切，什麼「色迷」、「風流鬼」……之類的話，全是汙衊了他。實際上，他組織第二個家庭，是不得已的，身不由己，中了朋友的圈套。

那時他年紀輕，雄心萬丈，要想創辦各種不同的事業，求得多方面的發展。在鬧區租了一幢房子，準備開一家日式料理店。

粉刷裝修完畢，設備添置齊全。規模不錯，進了門有月池竹林；池中有騰躍的鯉魚，林中有啁啾鳴叫的鶯鳥。座位舒適，裝潢古色古香，就等待開張；但盤算了一下，資本不足；原來的三位股東都無法增資，眼看著這事業將無限的枯萎下去。沒有周轉金，勉強做生意，客人欠一個月的帳，飯店就不得不關門。

一位股東自告奮勇的願意陪他去招股。

坐一輛出租汽車，行了二小時的里程，才到達一個偏僻的鄉鎮。

股東的朋友是一位布商，在聽取他們的發展計畫後，欣然同意認股，卻提出一個附帶的條件——經理要由他聘請。

他覺得這條件太苛，內心考慮放棄或是接受。

布商說：「我把大批的金錢交給你們（他認了三分之一的股），你們也各有自己的事業，大家都無法來經營照料，誰能擔保沒有風險？」

這話頗有道理，以前似乎都沒有想到。他開設鐵工廠，業務繁忙得沒有餘暇兼顧料理店；那位股東辦了一座大牧場，和他合夥投資，純是「玩票」，不願下很大的資本，不肯花太多時間；那麼誰來照顧這新開闢的事業。

陸世泉裝著不服氣地問：「依你怎麼說？」

「我們再徵求一位股東，就聘那位股東做經理。」

他怦然心動；資本愈大愈好。原來的計畫，還想建一所屋頂花園，既可以飲酒，又可以喝茶；必要時就改做露天舞廳，專做夏季生意。

「原則上同意。」陸世泉考慮了一會兒，慢悠悠地說：「我們要看看那位股東是誰。」

布商睜圓骨碌碌小眼睛，從上到下再從下到上的測量他。「包你滿意。」

沒有等到回答，布商便吩咐一位店員去找一個綽號叫「狐狸」的人，到「明春」飯店見面；他還要談一筆大批的布生意，才能和他們同時出發。

在布商家的客廳裡等待又等待，再發覺自己餓得奄奄一息。已晚間七點多了，還沒吃晚飯；尤其在聽到「明春飯店」四個字後，更覺得腸子在纏結或是在穿孔。伴隨著他的那位股東，也認為布商對他們施用酷刑。但看在錢的份上，看在未來蓬勃的事業份上，不得不捺著性子接受冷落。

終於到了飯店，也會晤了「狐狸」；原來狐狸是個女人。他該早料到這一點的，怎麼完全沒有想到——更沒想到她會變成自己第二位太太，為他生了四男三女。這完全是一種巧合，不是他有意這樣做的；而珍珍竟會相信媽媽的話，認為他喜歡年輕漂亮的舞伴。

「不，珍珍。」陸世泉惱怒地說：「爸累了，醉了；不要跳舞，只要休息。」

「但那個漂亮的女孩子，一定要見爸爸；她崇拜你——」

「胡說。」

「眞的。」珍珍的表情嚴肅，不像平時嘻皮笑臉。「人家說你騎在機車上，像個阿富汗王子……」

女兒的話聽不清了，唱針彷彿磨穿唱片，一片嗚嗚聲緊貼在耳膜嘶鳴，用力也剝不開。全身輕飄飄的腳步也亂了，像踩在軟綿綿的藍色霧靄上。是珍珍故意阿諛，想要他買貴重的生日禮物；還是眞有那麼一個年輕的女孩子喜歡他。

他也要像對「狐狸」一樣，收作第三位太太，在另一條街上，組織新家庭，再生七八個兒女？

不行。「狐狸」的處理已錯了，還能重蹈覆轍！

處理「狐狸」的情感問題，不一定是他的錯。那天，他們和布商三人走進「明春」飯店，等了十多分鐘，狐狸才昂首挺胸的趕來。

人長得又高又漂亮；風度好，笑得甜。他把增股經營的計畫說完，布商連忙插嘴：「我們為什麼不去看看那店面。」

陸世泉遲遲地問：「你是說，現在就去？」

「當然，立刻走！」

「飯也不吃？」

「看完了，一切決定了；不是吃得更痛快。」

荒唐的提議。這理由聽來很堂皇，暗裡卻不知是為了逃避作東道主，（在這兒吃飯，非由布商請客不可；去看店面，到了他家附近，還能讓外地的賓客付帳？）說不定是懷疑他們所形容的料理店的設備和裝潢。

有一個年輕漂亮的女人，同坐兩小時的車，也值得束緊褲帶；如果她答應投資了，就是店裡的經理，將會招徠更多的客人，有更多的機會和她接近、晤談，這機會斷不能放棄。布商再三的暗示：「狐狸」是個寡婦，寂寞、多金，料理店不能缺少這樣的「人」、「財」。

爲了遷就事實，不得不挨餓陪他們再坐長時間的車去看新店鋪。看完，同去一家暖得流汗的飯店喝酒。許是增資有望了，感到特別高興。酒喝得多，話說得多，把自己的財產和經營的農場、紡織廠、保險公司等等事業，全部說給她聽。她一直點頭、微笑，表示很感興趣。但他已經被那位股東和布商，灌醉得不知自己身在何處。

醒來已天亮了，發現自己躺在寬大的席夢思牀上；而「狐狸」卻睡在他身畔。

他驚愕而迷惑，以爲是夢境，掙扎著急於坐起；但感到腦袋幾乎要炸裂，而兩腿癱軟無法站立。

「狐狸」立刻向他申訴。他昨晚當著大家的面，向她求婚；他們慫恿她答應了，就半軟半硬的推她進入這房間，還鎖好房門。如果他後悔……

陸世泉沒讓她說下去，急忙搶著問：「妳後悔不後悔？」

狐狸嘆深長的氣：「已經這樣不清不白了，後悔還有什麼用！」

再沒說任何話，他便撲上前去擁她、吻她；她是新店的眞正經理，也是許多孩子的母親，後悔終嫌太遲了。

每次想到這兒，便懷疑那位股東，是領他去鄉間招募投資的人，還是特地爲狐狸抓一個丈夫？但也用不著問，那些股東的股份，已全被收買；布商一文錢沒拿出來，完全是他和狐狸合夥經營的飯店，沒有任何人可以插足其間。

想插足進來的，是珍珍的同學、朋友，頂多是個會跳「衝浪」舞、「阿哥哥」舞的娃娃；從沒看到騎白馬的王子，誤以爲他是英雄豪傑，便盲目地崇拜；可是他快進六十歲大關，更沒有野心和鬥志了。

「珍珍。」他用膀子撐開女兒，離開自己身體遠點，好看清她面龐。「妳要什麼生日禮物，直說吧；不必亂灌米湯糟蹋爸爸。」

「禮物歸禮物，說話歸說話。」珍珍的頸子縮一縮，嚥了一口唾沫。「我說的全是眞的。」

他看出女兒的遲疑，忙問：「別兜圈子，妳要什麼？」

「爸，知道嗎，我們家客廳太空，不好看——」

珍珍又頓住話語，似乎說不出口。這題目太大，客廳太空與她的生日禮物何關。珍珍確是長大了，心眼兒不少，還會使用技巧捉弄父親。

陸世泉輕吐了一口氣，想放開女兒，回到自己天地喝酒吃花生米，躺在牀上看武俠小說……但能夠做得到嗎？

「爸爸準備再買一套沙發！」

女兒搶著攔話頭。「沙發再多也沒用。我是說，客廳裡缺少一架鋼琴。」

「妳要用那麼貴重的東西作裝飾品？」

「不是裝飾品，是我的生日禮物。」

「妳會彈嗎？」

「當然會。」珍珍連忙改口說：「不會彈可以學，也可以請人教。」

音樂戛然割斷，父親覺得這是離開的好時機；放開手，便匆遽地向內走，但女兒的喊嚷聲阻止了他。

「報告一個好消息，」珍珍大叫：「我爸爸送一架鋼琴給我做生日禮物！」

有男聲咆哮：「爸爸萬歲！」

有女聲歌唱：「祝生日快樂！」

陸世泉承認不好，否認也不行；更不能立刻避開，只得尷尬地僵立在紛亂的人群中，思量應付的辦法。珍珍的手段太狠，抓住機會就如此勒索。

她似乎比哥哥姊姊要和善些。她哥哥的二十歲禮物，要爸爸獨資經營的一所火柴廠交他照料。理由很簡單，爸爸年紀大了，長子應該有謀生的能力，將來有一天，可以獨負全家的生計。可是話中的涵義，卻是怕爸爸死了，財產全部留給另一條街上的家庭，或是分給那麼多的兄弟姊妹們，不得不先下手掠奪。

想起兒子的陰謀，雖然覺得可憎、可怕；但還是慨然應允。兒子是自己生的，應該讓他們有發展的機會，才不致像株無力爬升的蔦蘿。

兒子的問題剛解決，大女兒鶯鶯的生日禮物，又來考驗他。鶯鶯的男友是醫學院的學生，眼看著就要畢業了，能讓他滿肚子學問，沒有施展的機會？爸爸應該幫助有志氣的年輕醫生開業。

其中的道理不難懂。鶯鶯是想藉一筆財富，捆住男友不穩定的心，做爸爸的怎能不忍痛犧牲一點金錢，促成女兒的婚姻？

珍珍知道哥哥姊姊的生日禮物；現在僅僅要買一架鋼琴，做父親的當然不會拒絕。她怎知道爸爸捨不得買四輪的汽車，卻冒著風雨騎兩輪的摩托車。他喜歡錢，更喜歡錢上堆錢；如一筆筆分給兒女，自己兩手空空的老去，死去，那還有什麼意思？

陸世泉沮喪地一步步踱向後院，未到達門邊，珍珍已跳在面前攔住他。「我剛才講的那小姐要見爸爸。」

「胡鬧」兩字已從心底升起，仍沒滑出口腔，猛掉頭，便見一個全身穿火紅洋裝滾銀邊的女郎，矗立在身旁，微笑地盯著他。

他下意識地拉一拉歪斜的領帶，嚥著口水，用目光詢問女兒。

珍珍說：「這是鄧純紋小姐。爸爸陪她跳支舞吧。」

音樂和女兒的話配合得恰好，不容他遲疑推讓。氣氛和情勢，逼使他不得不擁起紅衣女郎，在人堆裡舞向空隙，沿著邊緣婆娑行進。但腦中一會兒想起自己灰白的髮絲，一會兒又想起手中擁著的火燙女郎，覺得腳步忽輕忽重，忽快忽慢，永遠踏不上節拍。現在諒她已看清他這王子眞面目，是如此的腌臢，衰頹，蒼老，又有什麼新的感觸？

他沉默了又沉默，鄧小姐終於說話了：「您眞是一位慷慨的父親。」

「不敢當。」這比皮鞭抽一下還要痛楚。

「如果我也是您的女兒，那多好。」

「更不敢當。」

「這是眞話。」鄧純紋的眼皮眨了眨。「我比珍珍大三歲，我是看著珍珍坐在您的車後長大的——您以前是騎那輛舊機車。」

「妳早認識了我？」

「很早。看到珍珍背著小紅書包，由您陪送她上小學——那時您很年輕，當然，現在您並不老。」

「妳就住在這兒附近？」

「我住在兩條街之間的交通要道旁，早晚看到您，騎著摩托車走來走去；覺得您很神氣，很英俊……」

「王子」的觀感是從她幼年時代升起的，現在當然淡了，隱褪了；而他確是在兩條街之間奔馳得疲倦了，枯萎了。在這充滿朝氣、生機的場合，還有什麼留戀的？

他急忙岔開話頭。「妳現在呢？」

「我已讀完大學。」

「我是問妳仍住原來的地方？」

「是的，我仍然行走在兩條平行線之間。」鄧純紋頓了頓，而龐上現出異樣的神情，彷彿是迷惑、憂鬱……各種表情的混合。「但我不想再看到您辛勞地顛簸在路程中了。」

「要搬家了？」

「猜對了一半。我不必瞞您，我正想出國。」

「那該恭喜妳。」

「可是——」紅衣女郎的尾音很長。「我沒有珍珍幸福，缺少一個像您這樣慷慨而又多金的爸爸。」

陸世泉無法答腔。和她僅是第一次見面，不便問得太多太深刻。那僅是她個人的家庭問題，他這個額外的冒牌王子，又能說些什麼？

音樂低沉，小喇叭哀怨悽愴；他輕擁著紅衣女郎，在打蠟的磨石子地面滑翔。迴旋又迴旋，似有一層薄霧冉冉地升騰迷濛於人群之中。

鄧純紋在沉默片刻之後，突然睜大眼睛惶惑地問：「如果我說了天眞和幼稚的話，您不會怪我？」

「當然。妳何必這樣客氣！」

「我說過的話，您也不會告訴珍珍？」

「當然。我沒時間和她談那些。」

「這樣我放心多了。」紅衣女郎吸口氣，再偏頭思索了一會兒，慢悠悠地彷彿應和著音樂節拍。「如果有人送我，或是借我一筆出國旅費和讀書費用，我願意犧牲一切……」

陸世泉又猛吃一驚，見她結巴地說不下去便接著問：「妳的意思是說……？」

「譬如做他的女兒，或是什麼……之類的稱呼。我也可以鄭重其事的，像珍珍一樣要求生日禮物，名正言順的達到目的。」

感到背脊有汗珠滲出。鄧純紋話中的含義，他完全懂得（也可能是他鑽牛角尖的卑鄙意念）。只要有足夠的金錢，她可以犧牲名譽、肉體；甚至於願意在兩條平行的街道之間的小巷裡，築一個溫暖的窩，為他生半打孩子，孩子們又是升學、留級、開家庭舞會、要生日禮物，……生生不已，循環不息，永無止境。

冷顫慢慢從心底流漾。他不該想得這麼多，這樣遠，這樣荒謬。也許她只是個孩子，囿於一時感慨，才說出如此夢幻的話，他怎能誤會這純潔的孩子？

他問：「出國對妳竟是如此重要？」

「當然。」紅衣女郎學著他說話的腔調，接著反問他：「在家又能做些什麼？您不覺得平凡的生活，單調、刻板，而不夠刺激？」

「不錯。」他深深覺得這女孩的話，擊中心坎；突地生出同情、憐憫的觸鬚。「如果妳確實需要這筆錢，我可以為妳設法——」

「您是說借給我？」

「送給妳。」

「也像送給珍珍生日禮物，或是像……」她遲遲地沒有說下去，只緊緊瞅住他，像盼望獲得更滿意的答覆。

陸世泉突然領會到被小小的女孩擊敗，或是說被自己的一種懵懂、昏庸以及齷齪的野心擊敗了。你愛金錢，喜歡堆積金錢；今天卻大把大把的放出去，是眞的喝醉了？

「無條件的送給妳。」他斂縮起放蕩不羈的思念，認眞地重複一遍。

「只是爲了我陪您跳一支舞？」

「不。是爲了妳是珍珍的朋友；爲了妳經常見我奔馳在兩條街之間，爲了妳……妳……」

含蓄些，不必說得那樣清楚。實際上，他自己也不明白；這樣慷慨到底是爲了稱他爲阿富汗王子，還是隱約地希望她能在感恩之餘，成爲第三道平行的線？

「您仍願爲我保守祕密？」

「當然。」

「我該怎麼謝您？」

「不要。我說過是無條件的。」

音樂靜止，人聲喧嚷沸騰。輕輕放開紅衣女郎。她跳躍地縱進人群，剎那間便無影無蹤。

此刻，再沒人攔住。他穿過霧濛濛的院落，踏上水泥樓梯，繞過迴廊，走入自己和太太住的小樓。

推開門，室中很靜，只有一張圓罩檯燈，發出黯淡的光輝。太太低頭編織毛衣，很久沒有聲息；他一步步向前挪移，他們之間的距離，似乎近了些；剎那間又遠了些。太太的面龐，彷彿比記憶中蒼老了許多。可是，昨晚他們仍在一起，但想起來，覺得已是很久遠的事了。

太太猛擡頭問：「又去那邊了？」

這麼大年紀，已是兒孫繞膝，太太還放不下那顆斤斤計較的心。

「沒有。」他對自己的說謊感到輕微不安，連忙辯正。「我在樓下跳舞，和珍珍在一起。」

「你又騙人，珍珍的生日禮物呢？」

禮物太厚太重，而且是雙份；這和太太也許永遠說不清，說清了反而會惹更大的麻煩。

他踅轉身，走至古老的電唱機旁，打開頂蓋，把彎曲的唱頭放在唱片上，一時音樂塞滿房間。

太太大聲叱責：「深更半夜的吵死人。你到底要幹什麼？」

他上前一步，再上前一步，搶去太太手中的毛衣，擲在長方桌上，半拖半抱地拉起她。「我們來跳舞。」

「你又喝醉了是不是？」

「沒有醉。再沒有比這個時候更清醒了，我們還是跳吧！」他強擁著不會走舞步的太太，前前後後左左右右的跳了起來。

棒子的教訓

您一定要相信我，我絕對不講半句假話；只是情緒太壞，言語顛三倒四，前後照顧不到。您能讓我坐下麼？

坐在這木椅上，心情平穩多了。您對我這樣客氣，我一定要講得清清楚楚，明明白白。現在從我下班的時候說起。

我叫胡大江，四十二歲——這些都說過了？職業？我做的是在三百六十行之外的工作，每天由公司指派我，幫人家洗刷廁所。

這活兒幹起來，很髒、很臭、很不衛生，但我幹得很負責很認眞。靠自己努力賺錢維生，活得不挺有意思？下班了，我提著深藍色塑膠水桶，桶裡臭藥水的空瓶子，骨碌滾動著，和毛茸茸的鬃刷子時合時分。走在長堤上，心情倒輕鬆愉快，就是肚子餓得吱吱叫。

中午只啃了兩個乾饅頭，彎腰屈膝，在糞坑裡和煙火、鼻涕、痰……打了半天交道，肚臟內像有幾隻手在扯扯拉拉，味道挺難受，想到今兒晚上有煨得很爛的豬蹄子好吃，口水流到下巴殼，兩隻腳摔到屁眼溝往家奔。

不是廢話，您聽下去就知道了。說起家，您不要見笑。沒有門、沒有頂、空著兩面沒有牆；沒有門牌，也沒有鄰居……您感到奇怪了是不是？

我是住在兩頭通風的陰溝洞裡。水泥鑄成厚敦敦的大圓圈，塞在又寬又高的長堤內。外面是汩汩的流水；裡面，有玩具似的房屋。冬天的風雖然大些，但夏天卻涼爽舒適。

誰願意住陰溝？沒有辦法，才像個蠶蛹蜷縮在水泥洞裡。我原來住的地方滿不錯，鋼筋水泥的建築物，不怕颱風，不怕地震，槍砲子彈打來也能頂一頂。前後左右有氣窗，可以看風景，也可以……

請不要打岔，我腦筋不好，岔開話頭便接不下去。我不是變賣祖產的敗家子。祖宗沒留給我任何財產，我是一個靠自己雙手打天下的人。

您萬萬想不到，我原先住的是碉堡，有槍砲的射擊孔，但沒有任何軍事設備。我見裡面堆滿廢土、紙屑，才搬進去住的。

在長堤上，見西方半邊天，被晚霞燒得像猴子屁股；另外一半貼上一張月牙兒，還有不少星星在跳躍。內心更急著想回家。從堤邊的亂石階，一步步踏下，再鑽進陰溝洞。我把塑膠桶，往固定的兩塊磚頭上一放。糟了，水桶翻了一個大觔斗，臭藥水的空瓶子，搖搖晃晃向外滾。

再仔細一瞧，心裡驚得慌，洞裡的東西全走了樣。順著淡淡的月光察看。我原來的行李捆好，外面有草蓆包著，現在散成一堆。灰色毛毯不見了，只剩下一條破而舊的棉絮。米袋癟癟的，麵粉袋沒有了，煤油爐被打翻，一大攤煤油，浸漬著水泥管。最令我難過的，是煨得又香又爛的豬蹄子，連鍋都找不著了。

我彎著腰——水泥管沒有人高，只能像個駱駝似地在洞裡摸索。吃的、用的東西被偷走，以後日子怎麼過？

灰沉沉的月光像面網，罩在洞口，我像被封鎖在水泥管裡，氣透不出，呼吸像已停止。這絕對不是小偷，除了金富國，旁人幹不出。金富國是人獸不分，什麼事都幹得出。

對！我要去找金富國。心中沒有第二個念頭，跳出陰溝洞，直向金富國住的地方衝去。

說起來，金富國是我的難友。我們是在監獄裡認識的。

是的，我有前科，我以前犯的是竊盜罪。您不要見笑，我有個不好不壞的毛病：喜歡讀書。可是沒錢去買，只能向別人拿——

對了，不是拿，是偷竊。我在一家圖書館裡，偷了一套國民基本知識叢書，還拿了一本做人處事哲學。又在一所學校裡，打開辦公室大門，捆紮起辭源、辭海、英文字典，走出門口，就被看門的工友，扭住兩隻胳膊，送到派出所。人贓並獲，沒理由好講。除了偷書以外，我附帶的還拿鋼筆、簿本，有合適的毛衣、西裝褲，我也順便穿回。

因爲我心裡藏不住話，把這些事，像告訴您一樣的告訴他們，他們就送我去監獄。

在牢裡的那段艱苦日子不談；認識金富國，吃的苦頭就數不清。

他犯的罪可多啦（金富國從來不說眞話）！據我了解的就有詐欺、僞造文書、妨害風化三種。他在獄中的時間久，資格比我老，處處擺出「老大」的姿態。支使我做這做那。他飯量大，獄中的伙食吃不飽，要我分一半給他。做起工來，要揀輕巧的容易的事。困難的和笨重的要我替他。我的朋友（我有好幾個朋友哩），在探監的日子，爲我送來水果，送來紅燒肉，他堅持要吃一大半。

爲什麼要接受他擺布？我不是告訴您？我在一本書上讀過，說是讓人三分不吃虧。還有，不讓也不行哪。他說如果我不聽他話，他就要揍我。在監獄裡有人管，沒法子打架。出了獄他也要找我。

在月光下，我踏著自己的影子急匆匆地去找他。路不遠，一下子就看到那碉堡了。白茫茫的霧氣，圍繞在碉堡的四周。我沒有喘氣，一頭就鑽進碉堡。

對了，這就是我以前住的碉堡，我離開監獄，到了太陽底下，東走走，西逛逛。睡走廊、公園、火車站，總覺得不安寧，無意中在長堤的盡頭，發現這圓錐形碉堡。起初我不敢靠近，恐怕裡面的戰士從槍孔射擊我。

我繞著它兜圈子，一圈一圈，從大圓圈兜到小圓圈，就是不想離開，碉堡的周圍和頂端，都長滿了雜草；小樹枝葉扶疏，蓬蓬勃勃。當時我認爲是僞裝；但碉堡的進口和通道上，狗尾草長得有膝蓋那樣深，彷彿已長久沒人進出。

一步步挨進碉堡。我想會有人說話或是大聲喝問口令什麼的。沒有，一點聲息都沒有。走進碉堡，堆滿灰沙紙屑和破布，更有一陣霉溼的味道。看樣子，這兒成年累月沒人踐踏過。諒必是因爲時局變遷，它已變成報廢的裝飾品了。

拔掉狗尾草，清掉垃圾，堂堂皇皇搬進去了。我眞高興有個自己的家，可以躲風避雨。

怎麼都想不到，會讓金富國安安逸逸地住下來。他嘴角叼著菸捲，上身倚牆壁，斜躺在我深灰毛毯上。冷冷地瞪著我，不擡身，不點頭，連招呼也不打一個。

我嗓子裡直冒青煙，左手指著他大吼：「姓金的，你是人，還是畜生？」

他噴了一口煙，把香菸摘下。「你自己呢？」

「我不偷人家東西，我不霸占人家碉堡——」我丹田中的氣接不上來。我有個怪毛病，生氣的時候，就說不出話，受的冤屈愈大，愈說不出理由。

碉堡怎麼是讓給金富國？您聽我說嘛！搬進碉堡，接著運氣來了，我找到了工作，每天要去上班。

這工作，在別人眼裡看起來不稀奇。待遇不高，還是東跑西鑽進廁所。可是，想想看：公司裡老闆，不嫌我有竊盜前科肯僱我，能不使我高興？

您以爲廁所裡沒有什麼好偷的？實際上，做我這工作要穿堂入室，深宅大院的主人不懷疑我，也可說非常信任我。說起來，您不會相信。每天眼中看到的值錢物品不知有多少，就是不想伸手。受過一次教訓，就學好、學乖，再不想做違法的事了。

好，我不說題外的話。自從我有了家，有了工作，樂得把以往的怨恨全部忘掉。當我提著水桶在大街上，見到金富國，便一心一意的把他當朋友看待。爲了慶祝他獲得自由，硬拉他到小飯店裡乾幾杯。

不該帶他進我碉堡的——不帶也不行。他只要見到我，就會找到我住的地方。金富國認識我的樂園，便經常來找我要吃、要喝，有時手掌朝上向我拿錢，花在不明不白的地方。

日子久了，金富國提議和我住在一起，莫說是我的碉堡面積不大，擠不下兩個大男人；即或是大得住一連人，我也不能和他那畜生睡在一起。您知道吧，他就想做卑鄙畜生。

幸而他沒有堅持，堅持我也不會向他屈服。他在監牢裡做老大，到了日頭底下，還有公理和是非哩！

他見風轉舵，拜託我爲他找一份工作。狗運不錯，公司裡出了缺，我一推薦，經理相信我的話，他也和我做相同的工作。我對他不錯，他該滿足了吧？

可是，有一天下班，回到碉堡，見草蓆包的行李捲、煤油爐、水壺和米袋，全放在長堤上。當時內心猛吃一驚。認爲是軍事單位來清理防禦設備，準備應用，我還能賴皮？沒有考慮，沒有懷疑。立刻捆紮捆紮，拾掇拾掇，搬進陰溝洞。

五天之後，我才發現：住進碉堡的不是軍隊，而是金富國。沒有地方講理，我不能爭碉堡的所有權。打架吧，不是他對手，他比我高半個頭，小腿比我大腿還要粗。您見到他的身材就知道了，兩個胡大江，也打不過一個金富國。我能自討苦吃？

咬緊牙根，硬著心腸。斂住氣，忍著。《做人處事哲學》說得好，「忍一時之氣，可免百日之憂。」讓碉堡給他住，圖個永久的耳根清淨。這樣他還有臉面來要吃要喝，手心向上？

現在您已明白：我為什麼不住鋼筋水泥建築物了吧？我離開碉堡，就沒有再進去過。今兒第一次回去，金富國不但半躺著不理我，還把左腿架起，蹺上二郎腿，滿臉掛著輕蔑的神情，斜乜著眼睛，鼻子哼了一聲，說：「你不偷人家東西，會進監獄？」

我脹紅了臉。「那是以前的事，出了獄以後——」

「誰管你以前以後。」他猛吸一口菸，再用力捽半截菸蒂。「你偷過別人的東西，就以為是別人偷你的？」

聽了他的話，我差點暈過去。說不出話，目光跟著那紅紅的菸蒂滴溜溜滾動。菸蒂停在半包麵粉袋旁，沒有再向前。我立刻就看出麵粉袋上的駱駝脊背，有黑線縫的痕跡，那是我補的東西，我記得也認得。這碉堡的範圍不大，眼睛一瞬，每個角落，甚至於連槍洞也看清了。燉豬蹄子的那隻有把的鋁鍋，鍋蓋掀在一邊，裡面堆集著大大小小的骨頭，還留有被牙齒啃過的痕跡（我的饞涎只能往肚裡流）。昨晚我捨不得吃完，誰想到會留下來餵這隻不講理的畜生。

還有我的米袋，緊挨著他的枕頭。掛在牆上有玻璃罩子的小馬燈；是我搬進水泥陰溝洞，為了防風才買的，怎會在碉堡出現？

自從搬進陰溝洞，吃的和用的東西，時常缺少。我以為是被拾破爛的順手牽羊，現在才明白；全是他的「傑作」。槍孔內那把鬍子刀，刀柄上有半截黃斑，是我特有的標幟。牆角上掛的那根洗衣棒，一頭大一頭小，是我花半天工夫，用斧頭和鑿子雕刻成橢圓形像彈棉花的錘子。我用它錘了多少次衣服、蚊帳、被單，現在又變成金富國的附屬品。

您看看有這麼許多贓證，他還厚起臉皮說沒有偷我的東西。眼見那許多熟悉的景物，鼻頭嗅著霉溼而親切的味道，忍了那麼長久的冤枉氣，一下子由腑臟內發酵到頭上和臉上。我沒有考慮，竄上前去，做一個噴射機俯衝的姿勢，雙手抓住他的衣領，要和他算帳。

金富國的脾氣我知道，對酒色財氣很關心，就是不講究穿，他的衣服硬是破爛得可以做抹檯布，禁不起拉扯。我的手剛伸過去，他的頸子一扭，灰滯滯的白襯衫，領子和前襟便分了家。

您應該相信，我是拉他起來講理，或是教訓教訓他不要昧盡天良。誰料他瞪起兩隻核桃大的眼珠，挺起腰伸手就給我兩耳光。

我退後一步，雙手撝著發燙的面頰，順一順喉嚨裡的氣，口吃地說：「姓金的，你把豬蹄子吃下去，只剩下骨頭，還有臉賴皮——」

「你有好吃的，早該拿來孝敬我；老子親自去拿來，你還敢說我是偷？」這哪兒像人說的話？我說：「畜生，畜生。你霸占我碉堡，住了三個月，趕快給我搬走！」

「不搬，你又拿我怎麼樣？」他聳起身，咬著下嘴唇，兩隻拳頭一前一後的撐在胸前，彎著腰——您見過拳擊的那種姿勢吧？他正用那種開始比賽的姿態，慢慢向我逼近。

他那種兇惡的樣子眞怕人。像立刻要把我吞下肚似的，我腳跟慢慢向後移，早曉得金富國這樣不通人性，損失再多的東西，我也不來找他講理。這時候，我彷彿匍匐在廁坑裡，被臭氣塞滿鼻、口，窒息得血液都停止流動。左腳跟被凸起的土墩絆了一下，我打了一個踉蹌，身體向右牆摔去，後腦殼碰到懸掛在半空的洗衣棒。

很痛，我伸手去摸，已暴起一個很大的包。

金富國仍齜著牙，瞪大眼睛，拳頭晃呀晃呀地逼著我。不知道他要怎樣對付我？我的脊背已緊靠著堅硬的水泥牆壁，沒地方再讓我退避。

我伸左手抓住洗衣棒，用力一抖，繫住木棒葫蘆頭的繩子，便從長釘上滑下。您應該知道，那是我製作的東西，我了解它的性質，也懂得怎樣運用。雙手舉在頭頂，調整抓握的地位。剎那間，我已經像洗衣服時一樣，擎起木棒，準備向一堆衣服捶擊。

「放下！」他大聲喊叫，並舉起右手，許是準備搶奪我的木棒。「膽小鬼！你敢用木棒碰我一下，我就要你的命！」

他一直以爲我是懦夫，膽小如鼠，才一步步地欺侮我，諒定我不敢回嘴，不敢回手。他永遠不知道我是讀過《做人處世哲學》這本書，修養工夫到了家。現在胸膛中的悶氣，已膨脹到了極限，像沒法再忍受了。

我掙粗聲帶說：「你滾開，不要靠近我！我警告你，你立刻離開這碉堡！」

「這不是姓胡的碉堡，我爲啥要離開？不離開你又拿我怎樣！」

我發現他下巴上每根鬍渣子，逐漸變黑、變粗，像一根根洗衣棒，在我眼前攪動搖晃地戲弄我、侮辱我、嘲笑我。

我惱怒地說：「我要打死你！」

他把上身向前一挺，頭顱伸在我的面前。「你敢！膽小鬼！你想我會怕你嚇唬？你打一下，試試瞧吧！」

您說，天下哪有這樣藐視人的道理？我在他眼中，永遠是個窩囊廢。他滿臉邪惡和蔑視的神情，我眞怕看那副腌臢面孔。眼珠一轉，瞥見麵粉袋，灰毛毯，乳白色的骨頭──抓肚腸的那隻手似乎在擺動。有玻璃的馬燈，燈蕊的火焰跳了跳，一下子伸長，一下子縮短，像燐光蕩漾。像電影片中「淡出」的鏡頭，模糊了，消失了……

我右手中的洗衣棒，猛地擊下，金富國讓一讓就好了。沒有。他是看準我不敢動手，挺起腦袋讓我打，只聽到「篤」地一聲，我的右臂被震得酥麻。

他沒哼一聲，八十公斤以上的胖子，便像肥豬一樣摜在地上。

這小子是豬皮狗骨，忍耐痛苦的本領很大。我叉著八字腳，準備他起來時和我搏鬥，但過了一會兒，沒有動靜，他還是不吭氣。我彎腰屈膝，伸左手在他鼻孔測試（右手還拿著那根洗衣棒），沒有呼吸。我知道他耍賴，裝狗熊，又在我面前裝死。

用指甲掐他人中，沒有反應。我突然明白了，摔掉洗衣棒，便一直跑到這兒。

我說得很詳細，很眞實。您該明白我的心境了吧？我不想殺人，殺人是犯法的。我只是想教訓他，想不到他是那樣禁不起棒子的教訓。我感到後悔，是自己來投案的；我也沒說過半句謊話，我的罪會減輕嗎？

（身著制服的警察，放下藍桿原子筆，接辦公桌右角鈴鈴響的電話，對著聽筒吱吱咕咕一陣。放下聽筒，把面前一堆紅線條的「訊問筆錄」向前一推，大聲說：「你說的話，百分之九十九是眞實，唯有最後一點不可靠。根據勘察現場人的電話報告：金富國只是暈了過去。他也不預備控告你。你大概精神太緊張，還是回去休息吧！」）

我從木背椅站起，搖搖晃晃走出警所大門。腸子像被老鼠咬穿洞，漏空氣又漏水。豬蹄子被金富國吃了，只剩骨頭。您說：我到何處去吃晚飯呢？您說：我是失望還是高興呢？

愛的陷阱

長串列車像黑色鋼鞭在軌道上揮舞，車頭噴濃厚煙柱，咆哮著向前奔馳；而車輪不斷呢喃：「骨隆咚、骨隆咚、骨隆咚……」

毛心明抓長柄竹掃把，跳出院門，左掌撐涼篷在額前，遮攔直射的陽光，向路頭眺望，沒有人影，只見顛盪的金黃色稻穗，在秋之原野翩翔。

該不會那麼快，從小火車站來這裡有較長的距離，不是三步兩步就可跨到，他還可以整理一番，見到客人的身影，再上前迎迓不遲。

縮回院內，巡視一周；又衝進客廳，審察門窗、天花板，沒有灰塵、蜘蛛網，可以招待任何貴賓，怎在乎一個徐慕芳。她只算同事、朋友——不能稱爲未婚妻；一切等來了和媽媽見面以後決定，因此才顯得特別緊張。

他在屋中大聲喊：「媽，準備好了沒有，客人就來了。」

廚房內噴出矇矓的香味：「好嘍。你已看到了？」

「還沒有，我就去接——」毛心明低頭看手中的竹掃把，突地覺得自己緊張得到達可笑的程度，一切無問題，媽媽會喜歡慕芳，慕芳也會喜歡這幽淨的鄉村環境；而弟弟也很容易習慣……

該讓慕芳見弟弟？

舒貼、平熨的心葉捲皺、枯縮。他避免想到弟弟，但眼前或未來的事實，卻不容規避。他已搪塞若干次來這兒的提議，現在阻擋來不及——內心也不想阻擋了。

毛心明跨出門邊，掃把仍在院角，拖著軟軟的雙腿猶豫地走出院門。

不用費神，已看到晶亮的淡黃色尼龍傘，在金黃的稻浪間飄浮；而傘下著鵝黃洋裝的慕芳，正頂著燦麗的陽光，裊娜而來。

表示熱烈和慇懃，他縱上路頭，邊跑邊搖手：「歡迎，歡迎。好走嗎？」

「誰都沒問，全按照你畫的路線圖走的。」慕芳左手擎起淺藍的紙條擺動。「偶然在鄉間走一走，挺有意思。」

毛心明替客人擎傘柄，並肩走向自己家門。金色燦爛的陽光，在石階、水泥路面以及鳳凰樹葉尖閃耀，正呈現愉悅的畫面；但他心中似乎有塊石頭慢慢向下墜落、墜落、墜落。「偶然走一走」是什麼意思，不願和他結婚，還是不居住鄉間？

不答腔也不行，慕芳已接著問：「爲什麼要住得這麼偏僻？」

「祖產，沒辦法。」

「上班方便嗎？」

「習慣了就一樣。」

「沒有搬家的計畫？」

又是一班火車來了：骨隆咚、骨隆咚……

來了，問題慢慢的逼近自己，圍繞自己，從慕芳的幾句開場白中，就知道她不喜歡鄉村生活，不喜歡這幽靜的環境。說實在的，從家中到工作地點，要走路，要坐火車、公共汽車，單程必須花一個半小時，確是不方便；但住在此地的理由，一時說不清；而且也不想說。現在只是走一步算一步。

他勉強地應付：「暫時還沒有。」

「將來要搬上街？」

討論這問題，確嫌太早，媽媽會喜歡她？而她對於這個家（包括家中所有的人）有多大的向心力。也許在全部了解以後，會懊喪地惱怒離開。

幸而傘已摺疊起抓在手中，正跨向院門；媽媽正探頭張望，見了客人誇大地嚷嚷：

「徐小姐來了，漂亮，很漂亮。」

慕芳面龐的紅暈，從雙頰往四處湮散；臉轉向毛心明，似在求援。他以前說過媽媽不喜歡住在都市的女孩，一心一意要娶個老實、樸素的鄉下媳婦。那是嚇阻她來這兒的謊話，現在仍起很大的作用。

毛心明忙解圍：「毒太陽下不好講話，進去談吧。」

在客廳內，仍沒有什麼好談的，媽媽的眼睛，直愣愣看著客人。不是說她的鞋子漂亮，就是說衣服時髦。一會兒坐在兒子附近，一會兒又跳起來偎依慕芳身旁，輕撫客人新燙的頭髮，驚訝地問：「是妳自己梳的？」

客人微微搖頭。

又擰起客人的裙裾抖動：「這好看的衣服，是妳自己做的？」

「不是。」慕芳略略欠身，羞赧地解釋。「我沒有空，有空也不會做。」

「妳下班以後呢？」

慕芳又向毛心明求助。目光中除了尷尬和不安外，還有感謝的味道，彷彿承認他過去的話可靠。此刻她陷入無法自拔的泥淖，是咎由自取。

兒子插嘴解釋：「徐小姐會記帳、會打字、會唱歌、會拉小提琴，是我們公司裡的『紅人』，哪有時間縫紉。」

母親臉上漾著不以爲然的神情。「我活了五十多嘍，那些都不會，我只管家、洗衣服、煮飯──對啦，我還要去廚房看看：你們談吧，徐小姐準會燒菜？」

喃喃自語的母親離去，慕芳聳肩伸舌頭，他早已告訴母親，不要和客人太囉嗦。他們同事三年多，了解已夠深，不必拐彎抹角盤問。嘮叨了半天，對事情沒有幫助，只是把情感的距離拉遠些，裂痕加大些。

毛心明想緩和這凝重的冷空氣，便起身邀請：「先看看鄉村的風景吧！」

徐慕芳的青春活力顯現在行動上，在廣大的庭院周圍跑著、跳著，口頭嘖嘖讚美。楓樹、椰子樹、相思樹……錯綜地植在矩形的紅磚圍牆兩側，隔離了黃金鋪地式的原野。尖銳而甜美的稻花香，隨著微風襲入肺脾。

轉了一圈，該回到客廳吃點或是喝點什麼了；但慕芳仍願徜徉於烈日下。

踅過一垛短牆，各人躍登隆起的小丘，衝進偏處一隅的六角亭。

她坐在亭內圓鼓形石凳上。「這兒好涼快，眞夠意思！」

主人愁眉苦臉，隔著方形石桌勸說：「我們進去喝杯汽水吧。」

但客人不理睬，撐直手指，沿著桌面的黑色線條蛇行，側著臉問：「這是象棋盤？」

「新式跳棋。」

「誰下？」

「家裡的人——有時和客人。」

「棋子呢？」

毛心明低頭搜索，從石桌的圓腿旁，撿起兩顆光滑圓潤的鵝卵石（一顆是白色的，一顆是黑色的），拋在桌面上。「這就是。」

但客人的目光，僅迅捷地瞟那棋子一眼，便落在亭中心的那塊木板上：「那有什麼用處？」

「地上有個窟窿，蓋起來走路方便。」

徐慕芳站在木板上，雙腳蹬踢躍動，似乎在跳「阿哥哥」。她說：「石桌的位置不對勁，該移到這兒來，擺在正中，才夠意思。」

「如果妳喜歡，我們就這樣做——妳喜歡這環境嗎？」

慕芳搖搖頭。「說不上，現在還不知道。」

主人焦灼地點頭：「來吧，坐下，我們談談。」

「不對！木板下有空洞洞的回聲。」女客人仍站在原處扭擺。「還有什麼怪聲？」

毛心明急得直搔自己後腦勺，不該帶客人來這兒參觀，坐在客廳裡談問題，許已全部解決了哩。

「沒有，什麼都沒有，全是妳的心理作用。」

「有，一定有，如果有老鼠、狗熊，在地下打洞，才叫夠意思。」

毛心明突地覺得自己的理智，失去了控制；必須把壓抑在心中很久的話，立刻傾訴。

他結結巴巴地說：「我早盼望有這麼一天，只有我們兩個，靜靜地，靜靜……」思緒梗塞，無法說出自己心頭的話。

「靜靜地聽狗熊打架！」

不錯，隱約地聽到抓搔聲、撞擊聲、腳步蹴踢聲和捏緊鼻頭的呼喊聲……但希望這是心理作用；而不是事實。

無法再延誤了，他要抓緊機會。「譬如，靜靜地我向妳……向妳求婚——」

「啊！地下有木棍撞牆壁。」

「不要管，妳答應我嗎？」

「我要弄清楚……有什麼……？」

「骨隆咚，骨隆咚……」夾著火車頭的呼嘯聲，滾滾前來，又呼啦啦而去。

「妳早就清楚我，工作認眞，對愛情忠貞，愛所有的人——」

「愛誰？」

「愛母親，愛弟弟，當然更愛妳！」

慕芳的右臂搖了搖。

「現在不談這些，你弟弟呢？我要見他。」

「他是個好人，一定喜歡妳，妳也會喜歡他。」

「你弟弟在家嗎？」

「他不出門。」

「好討厭哪！」客人的手抓搔髮絲，緊皺眉頭。「有什麼東西搗搗戳戳，這地面快要崩坍了哩！」

毛心明的全身被汗水浸淫，額角的汗珠，顆粒勻圓飽滿，再慢慢向下游移，他比客人還要煩躁、焦急。陽光的色彩由黃變綠，慕芳的臉龐，似乎在歪曲變形；地鈴鈴滾動，有猛烈的鼓聲捶擊——不，是敲門聲震撼著心弦。

又有誰來打岔？收電費，或是保險費，還是通知打防疫針……一切的干擾，都不該在此時此地出現。他要和慕芳把問題談明白。

「不要管它。」毛心明彎起右手食指，掃抹額頭汗水。「妳還沒告訴我，喜不喜歡這幽靜的鄉村。」

「吵死人，也嚇死人。」

「今天很特別，平常不是這樣的。」

「誰知道！」

辯論的理由還沒想好，雨點似的敲門聲，配合著地下的木棍撞擊聲，像要捶爛這個世界。

媽媽捏緊嗓門尖叫：「心明哪，看看是誰敲門？」

眞糟，爲什麼媽媽不去看看，該想到兒子有難得的談判機會，盡量不讓人干擾。是年紀大了，設想不周到，還是不希望兒媳很快地進門。

他已站起身，但仍不放棄點點滴滴的時間。「妳喜歡我母親嗎？」

「老人家考我，我回答不上。」

「她是眞正的愛我，關心我，因此也關心妳……」

「我不在乎！」

「會在乎的，我是妳的一部分，妳也是我的一部分；我們分不開——」

「你還有些屬於誰？」

「屬於弟弟、母親——」

「我不要聽！」慕芳側轉身，站在那木板上，用蠟黃色鞋尖點戳。「你該查看下面有什麼。」

媽媽的聲音又粗又厲。「心明，快去開門！」

院門像快要被擊破，再無法不理會，客人怎麼沒看到電鈴，如捺電鈴，就不會驚天動地了。

骨隆咚、骨隆咚、骨隆咚……今天火車的班次特別多，還是心情特別緊張？

毛心明說：「我去開門，妳回客廳吧。」

「不，我在這兒等你。」

抓住她的臂膀往亭外拖。「不行，下面也許有狗熊挖洞，衝出來嚇壞妳。」

客人諦聽地下那咆哮、擾攘的聲響，露出猶豫的神情，終於拖著腳跟走出六角亭，踱向客廳。

毛心明憋住氣衝至院門，抽開鐵門，如是送信的、收帳的、借錢的……定給對方重重一記耳光。

不，是管區警員伴同一位陌生人，有如兩尊鐵塔矗立門前。

兩位訪客的臉上，像堆積厚重的冷霜（仍未被烈日融化）；胳膊下拴套著硬面講義夾；主人不得不陪著笑靨，歉意地說：「我沒聽到敲門。」

客人沒接受解釋，嚴肅地走進客廳，母親和徐慕芳都起立讓座。經過警員的介紹，才曉得陌生的訪客，是鄉公所管理兵役的余先生。

余先生把講義夾攤在膝頭，連續翻動參差的大疊文件，目光停在一張單頁紅格紙上，歪著頭問：「毛心亮住在這兒？」

「是的。」

管區警員裝作訝異的表情：「我怎麼見不到他！」

「他不願意見生客。」

徐慕芳插嘴道：「也不願意見我？」

「當然，他最怕見小姐——」

余先生遮斷話頭。

「他是你弟弟？」

「我比他大五歲。」

文件翻了過去，余先生指著一張發黃的相片：「是你照的？」

「技術不好，請不要見笑。」

「怎會照成這樣子——和一般的相片不同？」

毛心明的汗珠又從額角向下滾落。空氣的分量慢慢加重，客人所施與的壓力，已難以負荷。問題一絲一縷的游近核心，不容自己退讓或畏縮。他說：「弟弟怕照相機，我才用筆畫他的形象：畫得不好，拍起來也不好看，請多包涵。」

警員忙插嘴：「你便用那張照片去『應徵』？」

「啊——！」徐慕芳尖聲大叫。

「我想代弟弟求一份職業。」哥哥口腔乾澀，連連嚥唾液。「一個人經常閒著，是很無聊的。」

男性訪客同時問：「他做得了？」

哥哥坐於門旁的骨牌形短木凳上，斜方形陽光堆砌在微微哆嗦的雙腿，他結巴地說：「我……我不知道，但不能不給他試試。」

那只是人壽保險公司的一個通訊員，不要去上班，只要把介紹的投保人數登記起來，用日報、月報表示服務成績；弟弟就不用面對社會，和許多許多陌生人相處。

他又接著補充：「我可以代弟弟做一部分，或是全部——那又有什麼不對勁？」

男客沒有答理，抽緊面孔，用黑桿原子筆，在講義夾中的文件上寫啊，畫啊，很久不停息。屋中靜靜的，只有筆尖颼颼聲刺扎著大家心胸。

愣在一旁的母親，剪破沉寂的網。「沒有錯，我家心明做的都是對的。錯的是火車。……」

眞的有震動宇宙的長嘯畫過四周，「骨隆咚、骨隆咚……」漫天而來。

慕芳跟著說：「他確是一個好人；這樣做，會一舉兩得。」

余先生又把文件翻了一頁，認眞的問：「役男抽籤，是你代理；體格檢查，爲什麼不參加？」

「我也可以代理？」

「當然不行。」

警員惱怒地大叫：「到底有沒有毛心亮！」

「當然有。」

「請他出來，我們要和你弟弟對面談話。」

「我說過，弟弟不願見客。」

兩位男客交換一瞥默契的眼光，警員閤起講義夾，彎下腰，頭向前迎著問：「老實告訴你，我們接到密告：你妨害了兵役，又妨害了弟弟的自由，把弟弟囚禁起來……」

「冤枉啊，事實不是這樣的。」

「那麼，帶他出來，讓毛心亮證明你的清白。」

心明看向女友，慕芳低頭絞弄自己手指；再扭轉脖子，搜索母親的目光。母親正注視院中的椰子樹，諦聽一長列火車骨隆咚、骨隆咚……輕笑而去。

母親說：「讓弟弟出來見見世面吧，你不能藏他一輩子。」

「媽該知道弟弟不願見陽光，不能聽火車咆哮，不喜歡陌生客人——」

「我都知道，那是你慢慢養成他的習慣，他改不了。」

母親的話像炸彈、像霹靂的雷聲，炸毀了毛心明的肺腑，他不願人們知道自己有一個神經不正常的弟弟；弟弟確沒有自立的能力。爲了不使弟弟失去自信、斲喪自尊，才畫定一個範疇（是母親同意的——母親曾逼使他這樣做），讓弟弟生活在其中，今天怎會忘了，說全是他的錯。

慕芳走近他輕輕耳語：「帶他出來吧！我要了解全部事實。」

「那樣對事情不會有幫助；妳也很難了解。」

「我必須了解。」慕芳固執地說，聲音也大了起來。「我相信那不是你的錯——錯的是你隱瞞事實，把大家搞糊塗了。」

警員用手掌拍響講義夾。「我告訴你：任何人對法律不能隱瞞、欺騙；如果你不說實話，就要負法律責任！」

余先生用力闔起講義夾中的文件。「公事要公辦，不能當作兒戲！」

「骨隆咚、骨隆咚……」的車輪聲，擠塞著車頭的叫囂聲呼嚕嚕輾壓而來，玻璃窗及門板頻頻哆嗦、搖擺，聲勢不凡。毛心明忘記自己曾經作過任何設計：有保護弟弟，關心弟弟，不受任何摧折陷害的主意。剎那間，意識漂浮，懷疑自己是否存在，也和管區警員一樣，不明白這世界上究竟有沒有毛心亮？現在確沒有理由，不讓弟弟面對現實，面對人生。

慕芳拉著他胳膊走向門外：「我們去接他出來。」

確值得驚訝，慕芳直拉他走進六角亭，站在亭中的木板旁，命令地說：「打開它！」

「妳怎麼知道心亮在這兒？」

「我也得到密告。」慕芳學著警員的口氣認眞地說：「任何人對愛情不能隱瞞、欺騙！」

主人苦笑地俯身，雙手伸進木板邊緣的缺口，把它移至旁邊，露出正方形水泥砌成的洞口。

慕芳說：「這是很大的一個地窖！」

「不，是地下室。」他順著光滑的水泥階梯，一級級踏降；慕芳一步步緊隨身後，毫不放鬆。

光線暗下來，空氣也沉濁得多；呼吸和視力都不習慣。他用呼喊強使自己鎮靜。

「心亮！心亮！……」

但心亮蜷縮在牀角，頭低垂兩膝間，用兩臂交互纏抱，似防敵人襲擊。

「弟弟，看誰來了？」

臉被遮蓋，只露出禿頂，發出矇矓的聲音：「我不看，就知道是壞人！」

「弟弟，你猜錯了，不是壞人；是位漂亮的小姐。」

「漂亮的小姐更壞，她們會咬人，會害人，會吃人！」

「不許胡說！你又看那些奇奇怪怪的書了。」哥哥向前一步，再向前一步，「聽哥哥的話，擡起頭來。」

頭慢慢的撐出膝蓋，鬚髮很長，散亂地虬結成一團團，一綹綹。慕芳看到那特殊模樣，尖叫了一聲，急抓著毛心明的胳膊，躲藏在他胸前。

毛心明用手拍著她安慰地說：「不要怕，有我呢。」

弟弟用低啞的喉音，一字一字地問：「她——又——要——害——我——吃——我——？」

「不對。」哥哥立刻糾正。「她陪我來帶你出去。」

「又要照相？」

「不照相。到外面看風景，呼吸新鮮空氣；再做件新衣服——」

「是綠色的？」

慕芳已習慣於室中一切，撐直身體，緊挨在心明右側，搶著表示自己的友善。「你喜歡什麼顏色，就做什麼顏色。」

但弟弟看看客人，又轉向哥哥，疑懼地說：「我……我怕……怕。我喜歡『地獄』，這兒很安全。」

「外面更安全。媽媽和我都會保護你。」

「那……那位小姐呢？」

小姐忙接腔。「我也要保護你，不讓人騙你，欺侮你。」

弟弟低頭想了想，再固執地說。「我就是不要出去！」

哥哥勸誘、哄騙了一會兒，弟弟垂首不語，盤坐著像已睡熟。

徐慕芳輕聲問：「可以請兩位客人進來？」

「沒有把握；同時，也不願人們知道我家有這地下室。」

「他肯聽伯母的話……？」

熟睡的人突然睜大眼，振臂高叫：「你們又在商量害我，謀殺我！」

毛心明趨前兩步，斜身按捺弟弟的軀體，撫慰地說：「我們都認爲你長大了，會說、會聽、會走，外面世界裡，會應付很多人，你現在爲什麼不出去試試？」

哥哥半拖半抱，從牀上把弟弟架在地面。客人正伸手幫忙攙扶；弟弟摔手大叫：

「不要，我不要女人碰我！」

走近階梯，哥哥仍獨立扛撐觳觫著的弟弟，一步步踏出地窖。陽光綠得耀眼。一長串列車又呼嚕嚕，呼嚕嚕搖撼而來；地鈴鈴籁動，人咯咯哆嗦。

弟弟閉著雙目嘟囔：「外面太危險了，我不該出來的。」

慕芳似乎對自己未能幫到忙懷有歉意，忙於解釋。「這是火車的聲音，我就是坐火車來的，沒有危險。」

「妳懂得什麼，我住在這兒幾百年了，還不知道！」

哥哥從弟弟臂彎裡伸出手搖擺，示意客人不要說話，大家默默行進。

訪客已等待得不耐煩了，僵立在門旁探望；見到他們身影，才縮回原座。

踏入客廳，弟弟微微撐開眼皮大嚷：「人……人哪。好多人。照相機呢？」

媽媽忙喝阻：「沒有照相機，安靜點！」

「人……人哪。這麼多人來幹麼！都想來害我？」

「不要胡思亂想。」哥哥扶他坐在茶几旁的方籐椅上。「這兒都是好人。」

弟弟想了想，不服氣地問：「爸爸呢？」

毛心明感到為難，弟弟怎會老想到父親。父親年紀大了，不相信一切新的事實和進步。用雙手推兩輪的木板貨車，為別人載運木柴、行李、糧食……建立了一個安樂的家庭；可是在住宅附近開闢了鐵路，火車開始通行，再沒人找那輛破車運輸。父親不信火車有那樣大的力量，他要用自己的車和身體阻止火車前進；車毀了，人也被鐵輪切成兩段……媽媽受不了打擊，變得神經兮兮；而弟弟更糟，失去了一切理智和判斷能力；只有他獨撐這個殘破的家園十三年，今天，弟弟竟當著衆人刨這老帳。

「爸爸去很遠，很遠的『天堂』了，」哥哥用手勢幫助自己表達。「暫時不能回來。」

「我不信。」

「你是看到的：爸爸躺在牀上，蓋好白布，被人家擡走……」

說話聲被「骨隆咚、骨隆咚……」的鋼輪聲和車頭的嗚咽聲遮蓋，無法連接。弟弟似乎也沒有了解的願望，正垂下眼皮俯視地面，咀嚼、吞嚥哥哥的言語。

警員彷彿已失去耐性，趕緊趁機打開講義夾，用細桿原子筆點著頭問：「你叫毛心亮嗎？」

「不知道。」

「他是你哥哥嗎？」

「不知道。」毛心亮眨了眨眼皮補充說：「問『你哥哥』好嘍。」

慕芳想笑，但被毛心明的手勢阻止。

余先生忙從另一角度發問：「你住哪兒？」

「住地獄。」

哥哥忙解釋：「是地下室。」

「爲什麼不給他住上面？」

弟弟揮舞著雙臂嚷道：「不要，我不要。天堂裡人多，壞人更多。我上來一看就知道：你……你們想害我，擡我走……」

「骨隆咚、骨隆咚、骨隆咚……」接著就是一聲長嘯。

余先生把講義夾打開又闔起。「你們不能挖個陷阱關起他，那會妨害……妨害……」

「妨害身體自由！」警員拍響講義夾。「你們是愛他，還是害他？」

哥哥說：「當然是愛他。」

媽媽說：「等他爸爸回家，我們就接他出來。」

兩位男性訪客互相交換眼色後，警員慢吞吞地說：「你們該送他去醫院——」

「不去，我不去！」弟弟猛然縱身上前要抓說話的人，但兩腿軟弱，身體晃了晃，失去重心，幾乎栽倒，被哥哥一手擒牢，但仍掙扎地嚷：「你們擡走我爸爸，又想來擡我，不去，一百個不去！」

哥哥哄著撫慰：「不去，任何地方都不去。我送你回『地獄』。」

警員倏地站起，似乎想阻止他們這樣做；但嘴唇蠕動了一會兒，又默默地望著他們弟兄互相擁抱著行進。

余先生邊整理文件，邊批評：「他們全家都該送醫院……」

徐慕芳突然跳起大聲斥責：「請這位先生別侮辱人好不好！」

兩位訪客像才發現這年輕的黃衣女郎，同聲問：「妳是誰？」

「我是他家客人。」慕芳接著說明：「我是毛心明的同事、朋友……」

母親搶著說：「她是我的兒媳——」

「不是啊，不是。伯母別亂說……」慕芳的淚水快要湧出眼眶，慌亂地分辯。

男客都已站起，轉身向外，似乎急於要逃避這尷尬場面；母親也倏地躍入廚房。

徐慕芳在彳亍行走的兩兄弟身後，跟著走了幾步，已到達六角亭。

哥哥扶著弟弟，沿著洞口的階梯一步步向下蹭蹬，只剩頭臉露出地面時對她說：

「請妳在上面等一會兒，我會向妳解釋——」

她用手勢割斷話句：「你是眞的愛弟弟？」

「當然。我全心全意的愛他、關心他、照顧他，全爲他著想。」

「那麼——」慕芳把尾音拖得很長，似在竭力思索一個問題。「你將來也會另外做一個陷阱埋葬我？」

毛心明怔住，刹那間不明白她話中的用意；但立刻恍然大悟：「那怎麼會呢？傻瓜……」

弟弟似已等得煩透，扭擺肢體大叫：「你們這些傻瓜，傻話永遠說不完嗎？」

慕芳回到石凳旁坐下，抓起那粒黑鵝卵石棋子，在錯綜的棋盤線上推動；但腦中隱約地聽到地下室中，雜遝而沉重的腳步聲游移。她仍想和陷阱中的人們說幾句話，但「嗚——」地一聲長叫後，便有長串的「骨隆咚、骨隆咚……」的鋼輪聲在四周喧鬧、圍堵，她只有默默等待另一幕的發展了。

不戴斗笠的農夫

雨柱斜插在水田；圓圓的水泡，套在秧苗尖梢打晃。灰濛濛天地裡，夾著尖颼颼的寒意。胡民高戴尖頂圓斗笠，乳白玻璃布，斜紮在上身。赤腳短褲，手舞木柄圓鍬，清理田中積水。

梯形田的水奔流不息。嘩啦啦的雨箭，再加上層溢瀉的泥漿水，三寸高的秧苗，淹沒在水裡，似在發出救命的呻吟。

胡民高在漫水的田塍上彳亍，腳踢湍湍流瀉的汙水。走近田角落，圓鍬把水槽挖得更深更寬，希望能減除禾苗的壓力。

橫跨幾步，把圓鍬插在田埂低窪處，右腳掌踩在鍬脊上搖晃。他要多挖幾個缺口，讓積水儘快流完。

他彎腰工作著，爲秧田，也爲自己的生活工作著。

身後有朦朦朧朧的喊叫聲。

胡民高勾轉身子向後看，電線桿橫架上蹲著若干隻白色小鳥。

「爲啥把水放進我的田？」

他直起腰幹，從灰沉沉雨柱裡見弟弟民智，撐著黑雨傘，穿灰色塑膠雨衣，套長統膠鞋，急急的嘶喊，衝破雨網奔向自己。

哥哥又低頭挖水槽，沒有理弟弟。高田裡的水，一定要往低田裡流。能因爲下層是弟弟的，就堵住水不放？

弟弟靴尖踢水，吵嚷嚷地挺立面前。「你田裡的秧苗要命，我的就不要？」

他再也忍不住了。「爲什麼你不放水？」弟弟的田比他低；下面有更低的田。弟弟這樣打扮，不像農夫，更不是下田操作的樣子，卻像陪女友逛街。

想起弟弟在女人面前那股勁就生氣。媽媽死後，家中沒人照料，僱來女傭阿菊洗衣燒飯，但弟弟成天和阿菊嘻嘻哈哈，笑不離口。

他喊：「阿菊啊，幫我買包香菸。」

阿菊說：「我要爲民智燙香港衫，他要等著出去哩！」

聽起來，阿菊是專爲民智做事的。他是哥哥，要學習忍耐。燙好香港衫，弟弟出去了。阿菊接著就去買菸。等待，等待，阿菊和弟弟一道回來。

她說，對不起。我碰到小學同學，在街上談了一會兒，耽誤了時間——香菸的牌子沒有錯吧？

阿菊擠擠眼睛，露出牙齒對他笑，他有脾氣也發不出。阿菊人長得不錯，皮膚白，肌肉結實，能說會道，並且還是小學畢業。他只在小學讀過四年書，所以當阿菊把畢業證書拿給他看時，他感到羞赧地侷促。弟弟比他強，讀過初中，所以他和阿菊之間，好像沒有距離，也同樣的不把他看在眼裡。

胡民高把一堆爛泥，猛地摔在下邊的田裡。「你不來放水，來幹什麼的？我眞看不慣——」

看不慣什麼呢？看不慣和阿菊打打鬧鬧。看不慣穿得這麼整齊到田內工作，看不慣讀過初中的人，不懂道理。

「我來問你：你爲什麼要這樣損人利己？」

一長列火車，搖搖擺擺地冒雨飛駛。滑過紅牆，隱沒在樹林之後，他眞佩服弟弟的厚臉皮，居然說他是損人利己。阿菊背著弟弟告訴他，是民智不要她多爲哥哥做事，更不要親近哥哥。

爲什麼弟弟要這樣說？

我怎麼知道啊？民智看到我幫你做事，他就不高興，要對我囉嗦半天。

妳胡說。我要問民智：他爲什麼要這樣？

阿菊抓住他胳臂哭起來。你不能問哪。問了他，不是教我更難處；那樣，我就待不下去啦！

她吊著舌頭說話。胡民高心尖軟軟的。不知道阿菊是不是在騙他？看看這種情勢，不得不接受她的欺騙。忍耐又忍耐，深夜在夢中氣醒。慢慢摸索著，扭亮電燈，打開房門，去問弟弟道理。

弟弟的房門開著，房裡只有五燭光的小燈閃爍，可是牀上沒有弟弟的影子。回轉身，便見阿菊房內，燈火大明。走了幾步，便聽見男男女女的嬉笑聲。

站在院子裡大叫。弟弟跑出來了，問什麼事。

哥哥的喉嚨打結，氣息喘急。這麼晚了，是睡覺的時候；不該在下女房裡打打鬧。

弟弟抱著頭打呵欠。我知道了，你回去睡覺吧。

可是，他沒有睡覺。眼看著阿菊房裡的門關了，燈熄了，弟弟的房門閂起，他才回房休息。

早晨阿菊出去買菜，他抓著弟弟講理。弟弟說：你不該管我的事，我會自己當心。

我們不能亂七八糟，胡家的名譽要緊。

那怕什麼，我要和阿菊結婚。

哥哥雙手拍桌子。我反對，極力反對！

爲什麼要反對呢？損人又不利己。

河堤邊的榕樹葉颯颯作響，雨聲敲擊水田有板有眼，一頭水蛇在秧苗間竄游。

胡民高用圓鍬舀水，澆潑那條滑溜溜的小蛇。「別人田裡的水，漫到我田裡，我田裡的水，自然瀉在你田裡。你田裡水，又可以往下一層傾瀉，並沒有損你！」

民智左腳踢向新挖的水槽。「爲什麼你不先放我田裡的水？」

用不著回答。你瞧不起我這個哥哥，我也不關心你這個弟弟死活。阿菊比你大兩歲，怎能和你結婚？弟弟也該留意哥哥的心境，哥哥喜歡阿菊，如果不是弟弟搗蛋，阿菊該是他的嫂嫂了。弟弟才是損人又不利己。他是哥哥，哥哥有權找來阿菊的爸爸媽媽。我們家裡只有弟兄二人，用不著下女了，請你們把阿菊帶回去吧！我多付給他一個月薪水。

爸爸媽媽千謝萬謝。我們正想把阿菊帶回家。阿菊年紀不小，二十歲了。正要她回家招個好女婿哩！

阿菊不聽父母的話，眼淚如滾珠。我要等民智回來，民智不會讓我走。

怒火熊熊，消防車也無法撲滅。他狂吼：民智只是個十八歲孩子，孩子能在家裡作主？就是因爲妳和他打打鬧鬧，不成體統，才讓妳回去。妳還要等他幹什麼？我是哥哥，不關心弟弟的一切？

弟弟回來，就和他打架。你妒忌，你抓不住阿菊，把阿菊攆走。你又是損人不利己。

哥哥冷笑。「你知道，我是老脾氣。關住你田裡的水，損你卻不損我。」

「我告訴你，你快把田埂上的缺口塡好。」

「不塡。我還要挖一個、兩個、三個……坑。我要把田裡的水放光，讓秧苗舒舒服服生長。」

弟弟雙腳跳，田塍上的水濺迸得和雨滴不分。「下面的田我不要了，我要上層的田。明天我就去找舅舅重分。」

火車又呼啦啦頂雨駛來，濃煙冒出煙囪，立刻渾濁的天地凝成一片。電線桿上的白色小鳥被拴住不能展翅。榕樹的樹枝在雨中垂頭喪氣。

舅舅的鬚髮灰白，媽媽去世時，舅舅的老淚淤塞在深深的皺紋裡。弟弟拉他來分家，舅舅含著香菸，聽他們弟兄訴說，頭快彎到膝蓋了。

媽媽死了三個月，你們弟兄不能忍讓一些時候？過了三年，我會幫你們作主。

弟弟在屋中，一跳三個圈子。不能忍受。哥哥儘欺侮我，我受不了。分了家，我死活自己管，不讓哥哥欺侮。

分家了。房屋平分，加一道圍牆隔開。田地怎麼辦？上層的田常鬧旱荒，都不要；下層的田插秧才靠得住。當然也應該切成兩份。弟弟反對，抓鬮。抓到上層，便出去做生意。

下層給弟弟抓去了，還是沒有在家好好種田。弟弟賣布、賣雜貨、推銷日光燈。田租給別人種。本錢蝕完了，才回來啃土地。旱災年年有，只有今年雨水調勻，弟弟又要上層的田。

哥哥冷笑。「舅舅會跟著你走？會聽你的話？」

「你欺侮我。我告訴他道理，他就相信。你比我大，你就不該欺侮我。」

他兩眼仔細看弟弟，弟弟已不是孩子了，爲什麼還說「童話」！十年前爲了阿菊，可以賴皮，厚著臉皮要分家。二十八歲的人，怎可以提出荒唐的意見。如果天旱不下雨，他又要找舅舅要下層的田？

「弟弟，你知道吧？我田裡的水是哪兒來的。」

「是天上落下來的。」

「上層的水流到哪兒去了？」

「我不知道。」

今天他一定要告訴弟弟許多道理。「正同我田裡的水，流到你田裡一樣。水總是往下流的，你怎會不懂這自然的道理？」

「你懂道理，就不應該堵住我田裡的水，堵住我的情感——」

胡民高腦中嗡嗡響，火車轟隆地沿神經的軌道奔竄。弟弟還記住阿菊的情感？阿菊離開以後，並沒有回家，他父母來找過她，以爲會和民智在一起。

但民智也離開家，哥哥找不到弟弟。過了不少日子，弟弟回來便吵著分家，所以也沒問過那骯髒的事；可是在事實上，弟弟到今天仍過著單身的流浪生活。阿菊爲什麼不和他在一起？

「是阿菊拋棄你？」哥哥把斗笠脫下甩了甩，再覆在腦殼。「還是你拋棄阿菊？」

「誰說我和阿菊在一起。」

哥哥打了一個冷顫，雨水透過玻璃布全潑在他身上。說的人很多：阿菊的父母、鄰人，包括舅舅和他自己。有人看見民智和阿菊在一起提著籃子買菜；還有人看見阿菊肚子隆起，而民智拉著她的膀臂上產科醫院。

根根雨柱撞擊著斗笠，再刺進他的心窩。大地迷迷濛濛，而站在他面前的弟弟，卻像隔著整個世界。

「你離開家以後到哪兒去了？」

「我在一家建築公司裡當小工。我搬磚頭，拌水泥，擡沙子，扛木料。我希望用勞苦的工作，忘記家、忘記你、忘記阿菊……」

「那你爲什麼不去找她？」

「找她有什麼用？有了你這卑鄙無恥的哥哥——」

哥哥左手揮舞。「胡說！」但吼聲衝不破綿密的雨網。微弱的音調圍繞在面龐打旋。「你們幼稚的行爲，關我什麼事？」

弟弟抓起雨衣的下襬，搖搖晃晃，撥走那斜射的雨箭。「阿菊說，被哥哥拋棄了，再不能嫁給弟弟。」

「鬼話，鬼話！」他舉起手中圓鍬，向裊行在秧尖中的水蛇斬去。但蛇首一昂，蠕動尾巴滑走。圓鍬直直地豎在水田裡。

胡民高右腳跨進田中，抓起圓鍬木柄，再回到田梗。聽弟弟的口氣，阿菊是被他用暴力占有才拋棄的，而弟弟也相信了。但弟弟永遠不會知道阿菊。阿菊說，你不要碰我，我不能嫁給你們兄弟兩個。

他覺得當時頭上的汗粒一顆顆滾下來。你不要騙人，民智只是個孩子。孩子能做大人的事，你還不相信？

不相信也得相信。熱血冷卻，阿菊再不是個可愛的女人，可惡而又可恨，還能留在眼前！

哥哥搖著圓鍬。「你應該知道，沒有眼見的事不可靠。」

「爲什麼不可靠？」弟弟拋掉雨傘，竄上前抓住他雙肩搖撼。「我告訴你不要放水，你還要挖土。阿菊親口告訴我的話，會錯？你還要狡辯！」

胡民高後退兩步，摔掉弟弟的掌握，頭上的斗笠也抖落在水田。但弟弟仍緊跟著竄來。

雨聲攪擾著大地，但胡民高只聽到自己的心猛撞著肋骨。弟弟不講道理，要和他用野蠻的方法解決問題，他該和弟弟一般見識？

哥哥按著雨聲節拍向後退，仍緊抓圓鍬。「你知道阿菊對我怎麼說嗎？」弟弟握緊雙拳，兩隻腳成八字形，微微彎曲著向前挪移。「我不要聽你說，但我知道阿菊會說些什麼。你害了她，她沒有辦法，不得不隨便抓個男人出嫁──」

爲什麼要這樣說？弟弟眞會相信她的話？

「我一定要告訴你，弟弟。」圓鍬揹在肩上。兩腿哆嗦。「阿菊在你面前，說是我騙她；在我面前，便說你騙她。我們不要上她的當，她已經結婚生孩子，我們還提她幹啥？」

「你說得倒輕鬆。你把我田裡的秧苗淹死，你把我的阿菊趕走，一切就算了？」

哥哥在田梗上站住，不能再向後退。身後是陡峭的河堤。雨柱把眼睛封住，看不清弟弟的面孔。弟弟張開的黑雨傘，在水裡翻滾，而自己的斗笠，在濁水裡飄蕩，像觸礁的商輪。爲什麼要這樣逼他？弟弟仗著自己年輕就可以不講理？

「你再不講理，我就砸死你！」哥哥舉起圓鍬晃了晃。「你回去，趕快回頭走。」但弟弟不相信他的嚇唬，又竄上來抓住他雙臂，緊緊纏住他。長長的圓鍬柄失去效用，他便拋掉，攫住弟弟的喉嚨，絞扭在一起。他的身材比弟弟高，成天在田裡操作，力氣也比弟弟大。兩三個回合，弟弟已仰翻在田埂上。他雙腿跨騎在弟弟身上，兩手仍握著喉嚨。弟弟的末日到了。不管是上層的田，還是下層的田，只要弟弟斷了氣，都是胡民高的了。

弟弟嘶嘶的喊：「你這樣欺侮我，我一定要找舅舅來，告訴舅舅。」

好吧！你告訴舅舅吧！他兩手用力擠壓著喉管，弟弟的眼睛、嘴巴被呼啦啦的雨水塡滿，但手腳仍在掙扎、踢動。現在你已沒法找舅舅，只有找媽媽來幫助你了。

阿菊說，我沒有看過你媽媽，她眞偏愛民智嗎？媽媽很寵弟弟。媽媽說，我死了，就是不放心弟弟。你們經常吵嘴鬥氣，我死了以後，哥哥會照顧弟弟嗎？會。媽媽妳放心，我一定會——

雨點跌跌撞撞刷在他的臉上和嘴上，氣息都透不出。我一定會——會打死弟弟。弟弟仗恃母親的寵愛欺侮他，今天是最好的報復機會。渾濁濁的水從弟弟的肩膀流溢過去，弟弟的頭髮溼淋淋的。阿菊說，如果沒有你弟弟，我就會和你一道——他眞爲了阿菊才這樣做？可是，阿菊已嫁個開店的男人。阿菊在進胡家之前就認識那個丈夫，她不會喜歡他們兄弟兩個的；而他竟爲了阿菊把民智溺在水田裡。不是，爲了放水才要勒死弟弟。高處的水自然會流向低的地方，用不著他來挖缺口。只有三寸高的秧苗，不會怕三尺水，禾苗是淹不死的。那麼，他究竟爲了什麼？就是爲了爭那一口「氣」？爲了那一點點，做出驚天動地的事，值得嗎？原來，他早已要殺死弟弟了，這只是一個藉口，一條導火線。

一陣雨，從玻璃布的頂端，澆在他的背上。猛烈地戰慄通過全身，胡民高倏地鬆開手，縱起身，從水田裡撈起圓鍬，直向家中奔去。

弟弟從骨碌碌的水裡掙扎，撐直脊背坐起大聲喊：「你不替我放水，我一定告訴舅舅——」

他沒有聽完弟弟的話，斗笠也不要了，讓呼啦啦的雨水，梳著他冒熱氣的頭髮，澆潑他的全身。

禮拜天的下午

腳掌摩擦著彩色磁磚，那像一粒粒巧克力糖排列的地面，似乎走不到盡頭。靜悄悄，沒有嘈雜的音響；壁上貓頭形掛鐘，悠閒的演奏古老的調子。他壓緊喉管，不讓自己吁氣弄出聲息。這是深夜——鐘面有迷濛的煙霧升騰，看不清那羅馬數字——不能吵鬧鄰人睡眠，自己雖喝醉，但不能故意裝糊塗。

厚而軟的殷紫地毯，鋪在曲折幽遠的樓梯。金永福踮著腳尖向上攀登，兩腿搖搖晃晃，終於佇立在自家門前。舉起右手，食指尖貼緊洋紅色門紐，微微戰慄的電流，由臂膀滲入心田。酥麻的感覺，一陣陣侵襲自己，屋內怎會沒有反應。

如果家人全睡熟，沒人理會，他便要睡走廊——那該是多麼大的笑話——走廊裡也鋪上綿軟軟的地氈，有「席夢思」的彈性，就差枕頭。躺下，曲著胳膊學顏回的樣兒，不是睡得挺舒服。一忽兒，便凌霄御空，在縹緲的霧靄中翱翔。

分不清是雲霧還是煙霧；黑色的煙囪，噴出濃濃的煙柱，裊裊上升，彷彿點燃著香菸。好吧，猛吸三口，免得嘴角的口水向唇邊流竄。

味道苦一點，但很過癮，倏地從雲縫中，斜伸來一條胳臂，猛力扯他。身軀扭閃，僅是換口氣的工夫，他已從雲端墜向陸地。

「哎唷，救命——」金永福振臂高呼，驚出全身冷汗。兩腿一伸，才發現自己仍躺在牀上，而他的太太，正拉著他的膀臂搖擺。

「你在作白日夢？」

感到不好意思，翻轉身面向牀內，背對著太太。

「起來吧，三點半了。梅大文來嘍。」

太太喊他爲的是來了客人，不能發脾氣，更不能裝糊塗，坐起伸個懶腰。「在哪兒？」

「在客廳等你。」太太背轉他向門外走了幾步，再轉身催促。「還不快點出去！」

梅大文是多年的老朋友，稍微等一會兒，諒不致責怪。坐在牀沿，想想那奇怪的夢吧！

三間破房子，又舊又漏，怎會想到住豪華的公寓。最妙的是想起煙囪的黑煙；他是第十次戒菸，而且戒了已十天……

梅大文的禿腦袋，伸進房門。「幹麼，蹲在房裡？」

「午覺還沒睡醒。」他故意打個長哈欠。「禮拜天沒事，睡懶覺。我就出來。」

禿頭縮回時，閃亮的疤痕還看得很清楚。大家都說梅大文幼年做過小和尚，頭頂有線香燒的白斑。梅大文不承認，事實上也不可能。他生有一子一女，夫妻婚姻美滿，而且是個虔誠的基督徒；同事們都歡喜信口胡謅，把無稽的故事，硬要罩在別人身上。梅大文受的冤屈定不少。有機會，他定要爲梅大文解釋。

可是，到了客廳，就改變主意。梅大文和他太太談得很開心，根本就不像受委屈的樣子。

梅大文說：「我那個大兒子，就活像個『貓王』，一天到晚，捧著七弦琴，抖著、唱著、搖著，就像那麼一回事。」

「念書呢？」

「馬馬虎虎，」梅大文滿臉掛著得意光彩。「在班裡，是二、三名。」

「比我們那個寶貝兒子強多了。」太太拍響大腿，嘁嘁喳喳。「留級，留級，老是留級。眞煩死嘍！」

金永福提高喉嚨咳了咳，阻止談話繼續。客人躬腰準備起立，他擺動雙手示意客人坐下，自已斜倚在靠門的圓木凳上。

平行四邊形的淡黃色陽光，靜靜地蹲在他腳前。誰都不願先開口，但客人來這兒定有目的，爲什麼保持緘默？

太太裝得很新奇，歪著腦殼問：「你們家養的是怎樣一隻猴子？」

「金黃色的毛，聰明伶俐，會敬禮，會提菜籃——」

「那麼，你們家小孩爲什麼不喜歡？」

「牠不愛清潔，有時很討厭，搬東拉西，吵鬧孩子們的生活……」

金太太站起身來，失聲尖叫：「老天啊！這樣的壞東西，你要送給我們？」

「不是送，是交換。」客人立刻糾正。「拿牠換你們那隻蜷毛的哈巴狗？」

「不行，不行。」太太踅轉軀體，面向丈夫，像煞對他一直不開口感到驚奇。「你問他行不行？」

太太似乎已把談話的責任，交代完畢，逕自走向廚房。金永福聽到太太木拖鞋的聲音消失後，才問客人：「你怎會想到我家小孩喜歡猴子？」

客人瞪圓雙眼，連連嚥唾沫，像有一粒蛋黃塞在喉頭，吞不下，吐不出。「也……也許不大一樣，和我家孩子……個性……」

「完全一樣。」金永福舉右臂，彈動食指似在抖落菸灰。「我家夢熊不但會彈四弦琴，還能彈六弦、七弦琴。」

「彈得好壞有分別。」梅大文遲疑地望著主人眼睛。「梅書農參加比賽得了冠軍。」

「『冠軍』有啥稀奇；誰又懂得音樂的好壞？」

客人站起身，拍著金永福肩頭：「小老弟，怎麼著，今兒盡擡槓？」

牽動身體，抖落梅大文黏糊糊的掌心。擡槓是爲了不痛快；把午睡吵醒，吸得過癮的煙——眞窩囊，是煙囪噴的煙——被搶走，又直聽他誇耀自己的兒子，誰受得了這間氣。

「你忘了？我比你大五歲。」金永福毫不保留地頂回去。「混得順利，連年齡也跑得快些！」

「好大哥，別損我。」客人抓起茶几上的茶杯喝了一大口，再重重地放回原處。

「我要請問你：到底要不要交換？」

「誰喜歡哈巴狗？」

「梅書農。」

你接受兒子意見，就沒顧及別人。「你知道我家夢熊喜歡猴子？」

「當然。」

「那麼，我們交換孩子。」主人憶起被驚醒的夢；火車噴的煙和煙囪冒的煙。客人如果離開，他就要買包香菸來過癮。念中學時，校長在週會上報告，一枝香菸的「尼古丁」，可毒死二十九隻麻雀；但解散以後，見校長在校長室猛吸菸捲，就不信吸菸對人體有害。生癌，這是新鮮的說法，要減少十四分二十八秒的生命；太太和孩子，逼著他戒掉二十五年的菸癮。太太是老糊塗，孩子長大，就會自作主張。現在梅大文有這奇怪的想法要交換動物，他爲什麼不可以有更新的提議。社會上有不少的養子女，金梅兩家也援例仿效。「我們變成親家，一切都好商量。」

梅大文用腳步橫量著客廳。「不懂，我不懂，你是說你家大小姐——」

「你們亂說些什麼？」太太又踢拖著木屐，從廚房衝出，張皇地喊嚷。「孩子的事，你們怎可以作主。」

客人迅速挨著主人坐下。「沒有，沒有。我是來徵求同意。」

「這還差不多。」太太的氣似乎平息些，但仍搓揉著雙手，轉動著身軀。「喜不喜歡猴子，該讓孩子們自己決定。」

「當然，當然，我們不必勉強。」

兩個孩子從不同的房間跳出來，圍著客人跳躍。

夢熊問：「猴子會爬樹？」

「會。」

「猴子愛吃香蕉？」

「對，還愛吃花生、番薯——」

女孩夢蘭搶著問：「猴子會唱歌？」

「那……那不行。」

「猴子會跳舞？」

客人的右手抓搔粗亂的髮絲，似不知如何回答。結結巴巴了半天，才反問：「妳沒去過動物園？」

「去過啊！」十六歲的女孩，舌頭不饒人。「我以為梅伯伯家的猴子會特別些。」

「沒有特別，沒有。」

「那麼，我就不喜歡。」夢蘭噘起嘴唇，走近爸爸身旁。「我要留著那隻哈巴狗。」

輪到主人面露得意之色。「當然，當然。」

兒子又湊在爸爸身旁，哀求地說：「我要那隻有趣的猴子。」

「當然——」金永福噤住話頭，不能再隨便答應兒子的要求。但用什麼理由去說服呢？目光射向太太，希望從那兒獲得援助。「你問媽媽怎麼辦。」

媽媽說：「這還不簡單。你們兩個該去梅伯伯家看看，也許都喜歡那動物，也許都不喜歡。」

梅伯伯家離這兒不遠，頂多兩百公尺距離。兄妹兩個說著、笑著，跳向梅家的路上。

屋中又恢復寧靜。金永福感謝太太能適時解圍，但也有難以言喻的怨怪。沒有孩子在身旁，大家沒有什麼好談論的。天氣，人造衛星或是登陸月球，都嫌厭膩了。孩子們有爭執不完的問題和意見，他們可以參加討論，也可以實施評判——此刻誰負責屋中的秩序？

客人坐在圓背籐椅上，四肢盡量舒展，側轉臉對金永福說：「我今天特地來和你商量一件事情——」

「交換猴子？」

梅大文的左手一揮，似表示不屑一談。「我想大家合夥做一筆生意。」

女主人搶著回答：「我們不想做生意。先開理髮店，本錢賠光；再開飯店，麵包店，同樣沒有好結果。我早就說過：吃別人家飯，拿乾薪水好多嘍！比自己動腦筋擔風險強多嘍！」

「大嫂，您該聽我說完。」客人面孔又轉向金永福。「你覺得怎麼樣？」

「當然，當然。」太太的話是太多，而且說得又太快。大家鬧得無聊，聽聽不會損失什麼。許是梅大文受了冤屈，正需要向他們訴說苦況。「你提出來，供大家參考。」

「我想創辦一所造『人』的公司——」

他本想保留批評的意見讓客人說完；但這句話，搔著他的癢處，逼得自己搶先開口。「你知道現在人口膨脹的情形。」

「可是，我造的是機器人，不要吃飯、穿衣，不要住房屋，不占人口出生比例。」

金永福微微點頭，贊成這項提議；但隨即想起資本、經營計畫、人事等等問題，不知梅大文如何安排。「造那樣的『人』，有什麼用處？」

客人得意地笑出聲，彷彿贏了一場戰爭。「是玩具，人人喜歡的玩具。」

「是洋娃娃？」

「沒有錯。孩子們一天天多起來，需要一天天增加……」

下面的話句沒有聽下去。那完全是一場空論，不切實際。孩子們的玩具已夠多了，而且洋娃娃成千成萬，還要等他們去製造。不必說穿，讓梅大文空歡喜一場。諒是他閒得無聊，才想起養猴子、計畫製造玩具。

在客人說話告一段落喘息時，他問：「工廠設在哪兒？」

「還沒找到建廠的地基。」

「你已籌備了多少資本？」

「現在還沒有。」梅大文又搔撓那稀疏的頭髮。「我們可以招股、募股，慢慢徵集。你能投資多少？」

太太的目光掃射丈夫，似在測驗他的回答分數，是否及格。

「我投資十股。」講完了，還覺得沒有表達出自己的心意。「每股一元的十股。」

「笑話。你僅投資一包香菸！」

一包香菸已夠多。如果買回來吸，可以滿足壓制很久的癮，就不會看到炊煙，工廠聳立在半空的煙囪冒煙，以及火車前進中的機車噴煙而流涎。今天和梅大文合作，那只算是一種浪費。他不會創辦一種事業。只是爲了工作不順利，頂多是主管訓斥了一頓，他有一種不得志、不服氣的情操，才找他來交換猴子，提議造「人」——金永福不會感興趣。客人來了，不得不從美夢中爬起，傾聽「胡說」。他還希望獲得更多的什麼？爲他人犧牲自己的是英雄、烈士，而他僅是個凡夫俗子，囿限在螺殼式的小天地中，吸吮窒息的空氣，怎會有那壯志凌雲的胸襟。

「你希望我投資多少？」

「一百萬。」

該是更大的笑話。他僅是保險公司中一名低薪的職員，每月的生活費，拮据得要戒掉有二十五年歷史的菸癮，才能勉強維持，哪來巨額款項投資。

「好吧，你要等待一下。」

「等多久？」

「一下可說不清。」金永福頓了一頓。「等換來那隻猴子，我要教他穿衣服、戴帽子、吃西餐、駕駛汽車……」

「幹什麼？」

「我要帶著猴子去各處表演，賺大批的錢來合作、投資，滿足你的要求。」

客人縱起身，在室中揮舞雙臂。「你同意交換動物？」梅大文脹紅脖頸，連連噏唾液。「你開始喜歡猴子了？」

金太太一直默坐在三隻腿的書桌旁，扮演雕刻的木偶像，傾聽主客之間忽冷忽熱的談話。話句似都沒有衝擊的力量，沒有激起絲毫反應。此刻，彷彿突地從酣睡中覺醒：

「不可以，不可以！」

「妳剛才沒有反對意見。」客人開始反擊。「現在怎能變卦！」

「我不能讓他陪著猴子，到各處去逍遙自在。」

「成年累月待在家裡，他也悶得慌啊。」

「你不知道。」金太太又坐回原位。「我要他把訓練猴子的工夫騰出來，教育自己的孩子；孩子們的成績太壞，父母的臉兒沒處擱……」淚滴適時的從眼角擠出來，加強氣氛和效果。

人人無話可說，想不出理由辯駁。金永福覺得太太當著梅大文的面，給自己下不了台，全身的毛孔感到不舒貼，要想方法劈刺。

「孩子怎會要我來教？」

太太帶著哭聲反詰。「你說該誰負責！」

「當然，去學校有老師，回家有母親——」

「你呢？」

「我要養成一技之長。」話句梗塞在喉頭，無法吐出或是嚥下。訓練猴子能算是一種職業？現在要他辭去公司工作，專門陪著那猴子，任何人都不會同意。而實際的生活問題，立刻發生恐慌。再說，還沒見過猴子是怎麼形狀；是不是有較高的智慧，能夠接受訓練？而最重要的是孩子們喜歡不喜歡。

丈夫抹拭額角的汗絲，啞聲遮飾：「我們不能『坐吃山空』，總要找個『生財之道』。」

「這樣可以生財？」

「當然不能。」客人從緩和的氣氛中，投進一枚炸彈。「唯一的辦法，是投資我創辦的造『人』公司！」

丈夫側轉臉徵詢太太意見。「可以投資？」

太太愕然怔視。「我不知道。」

陽光寸寸挪移，輕舔著金永福的腳背。有很多問題，難以解釋。沒有錢，拿什麼投資？梅大文怎會想這種餿主意；他同樣的手無分文，怎能辦新興事業？從根柢研究，他今天來這兒究竟爲的是什麼？

沒有獲得答案，嘰咕鬧嚷聲和雜遝的腳步聲，切斷紊亂破碎的思緒。孩子們爭吵著衝進屋內。

女兒說：「爸爸，我要那隻滑稽的猴子。」

兒子環起右腿，用左腿躍近父親身旁。「我反對。」

父親瞠目結舌。「剛……剛才，你……你們的意見，不……不是這樣的。」

女兒說：「看到猴子，我就改變主意了嘛。」

「你呢？」父親噘起嘴唇問兒子。

「我見到人，想法就不一樣。」

「見了誰？」

「阿——阿芬。」

阿芬是梅大文的女兒，聰慧、秀麗，在校的成績，總是第一。片刻之間，阿芬怎能使頑劣的兒子改變念頭。

爸爸追問：「阿芬怎樣？」

出。」

「我覺得——」兒子搖晃著頎長軀體，結巴地傾身在母親膝前。「我……我說不

媽媽的眉毛、眼睛以及面龐全部表情，都在撫慰、鼓勵兒子。「說吧，不要緊。」

「猴子雖然可愛，但我看，阿芬比猴子更可愛——」

妹妹蹬動雙腳，背對著哥哥；而爸爸媽媽卻朗聲滿足地大笑：「交換吧！」父親說：「我們換『人』！」

客人霍地起立，陰霾霎時布滿室中。「你們全家都在侮辱人！」

「沒有。」金永福跟著站起。「那只是孩子們的『童話』，不必認眞！」

「你的話呢？」

「你說的也不是眞話。」主人向前一步，揮舞著手臂解釋。

客人踢動剛坐過的籐椅。「我來這兒，就爲了聽你們講欺騙的話，虛僞的話和侮辱人的話！」

大小四口，圍繞著客人，不知用什麼適當方法表示歉意或慰勉。

女兒急於解圍。「哈巴狗換猴子吧。」

兒子眨動眼珠，還沒來得及發表意見；梅大文已揮動手臂。「不要，再好的狗都不

要。你們該知道猴子的身價，比狗高多少倍。」

金永福不服氣地反問：「您來這兒是爲的什麼？」

「我不知道！」

孩子們全哈哈笑，母親厲聲阻止。「長輩們說話做事，發表意見，你們不要插嘴。」

異口同聲：「是！」

主人又反詰：「你急著邀人投資？」

「我不在乎！」

「那麼，大可不必來這兒。」金永福想到自己的美夢。又體會到那濃郁、醇美的煙味。如果梅大文不來此地發夢囈，將有更多「不可思議」的事發生。他不得不狠狠地加了一句。「你該好好在家睡覺。」

客人擺動右腳，攪弄那黃得慘白的陽光。「我把自己想說的話，說了；你們也聽了。」

「可是，我不知道你說些什麼？」

「那並不重要——」

男孩說：「是爲了換哈巴狗。」

女孩說：「是爲了換猴子。」

女主人沉吟片刻接上去。「是爲了招股創辦『造人』工廠？」

「都不是！」客人的雙腳已跨出門外；又回轉身，左腳踏進門內，故作神祕地冷笑。「你們再用心細細猜吧！」

梅大文的背影，已在慘白的陽光消失。屋中四張面孔，仍靜靜地覷視。不願攪動那澀冷冷的空氣。

男孩先開口：「猜不到。」

女孩不願表示落後。「眞難猜。」

母親移動腳步，走向廚房，邊自咕噥：「這大概是個『怪人』。」

金永福背著雙手，在室中碎步踝躞。沒聽到他們母子講些什麼。卻注意遠處一輛超載的大卡車，簸動著地基，從路的一端駛向另一端，門窗的玻璃都在隨著戰慄。他怎樣也想不出：梅大文離開這兒，將走向何處？又能說些什麼話？又有誰願意聽他的胡說？

愚蠢的一群

皮包晃了晃，沉甸甸的。從左手換到右手，仍然很重。玲玲兩手空空，小腿歪歪斜斜，跑得很快，一下子便滑出門邊。

醫師江培光，跟在玲玲身後，大步踏出門，再翻轉牆上門診時間的木牌，顯示「出外看病，暫不門診」八個紅字。

這是一個很大的犧牲，他想。爲了一個從未診治的病人，而延誤許多來醫院求治的患者，時間、金錢、聲譽等等都會受到損失——那只是一項假設。實際上，在中午十二時以後，極少門診，那是訂定訪問病家的時刻。今天更特殊，他要順道接太太回家，當然談不上犧牲和損失。

旋身，已不見玲玲的蹤影。她才三歲，會說會笑，會跑會跳，愛自作主張，不受管束。平時都由母親照顧；他這個父親，向不關心；母親賭氣離開家，才覺得玲玲既頑皮，又不聽話。

黑色海綿大皮包，伴隨他躍動的身體搖擺了一陣。站定，探頭四處張望，玲玲躲在杏樹的粗幹旁，縮起脖頸和爸爸捉迷藏。

江醫生大吼：「玲玲，快來，爸爸看到妳了。」

「爸爸抓我呀！」

將隱入山後的夕陽，紅光抹於玲玲身後，映出那滑稽而有趣的形象。

一陣惱怒頂撞著他。時間實在不夠支配，醫院內沒人照顧，還要陪她找媽——如果沒有玲玲，他也許不急著去接太太。有吃、有穿、有玩，還有工作，他要無限制地勤奮工作下去，便會忘記一切煩惱、憂慮。諒太太也看清這一點，把玲玲拋下，並攜走他的助手吳素芝，使他感到一切不方便，逼著他不得不提前去求和。而現在，玲玲卻一點不體諒他這個背十字架的父親，還跟他開玩笑。

他縱往樹旁，抓住嘻嘻笑的玲玲，大聲喝斥：「妳不要找媽媽，就留在家裡。」

「不要，我不喜歡劉媽。」

劉媽是他家洗衣燒飯的傭人，年紀又大，耳朵又聾；而脾氣又特別古怪，孩子最不樂意和她在一起。

「那麼，乖乖的聽話，跟爸爸走。」

玲玲抱住他的大腿，哼哼唔唔。

他牽著女兒的手，順著人行道走了一段路，才招來一輛計程車，駛往鄉村。

車子兜了兩圈，才在村角落找到磚牆紅瓦的小屋。

站立門前用手拍門，很久才聽到裡面有木板鞋捶擊地面的咯噠聲，由遠而近。

兩扇灰門，中間張開一條縫，露出一隻三角形的眼睛，昏黃的眼珠，呆滯地滾動。

玲玲已等不及了，偏轉肢體向門內擠。而屋中人仍緊緊堵住，不讓一隻痲雀飛進。

他搖動皮包：「我是江醫生。」

「醫生能怎麼樣？這兒不招待客人。」

江培光又急又火，連連用左手抓搔腦門。「是你們打電話請——」

玲玲被兩隻粗硬的大手推出門縫，木板門跟著「拍碌禿」闔起。

「爸爸！」玲玲翻著眼皮，像受了無限委屈，拍打他的大腿。「我們走吧。」

但不能跟孩子一般見識，定要把事實弄清楚。他從胸前口袋，摸出摺成四方形的小紙片；再退後兩步，瞇著眼核對，從漸濃的暮靄中，見灰濛濛長方木牌上，有發霉的

「華德茂」三個粗筆跡黑字。

沒敲錯門，怎會受到阻撓！難道是病痊癒了，不需要你這個醫生？

不需要，更好。他將有充分時間做自己的事。早點把太太接回。也許會有急診上門。還可以有更多機會向太太解釋謬誤和歧見。

皮包畫個很大的圓弧，他挽著玲玲的手，匆遽地回頭走。才移動幾步，背後的木板門，呼嚕嚕響了一陣，又拉開了。

掉轉頭，見一個滿頭冒汗的青年，揮動手臂，砸響嘴唇大聲喊：「江醫生，慢點走，請進來。」

「你們家不需要——不招待……」

「誤會，是個很大的誤會。請原諒，請……謝謝。」

他看向玲玲，玲玲也瞪大眼睛注視他，像急於發洩剛才不讓進門的怨恨，盼望父親早點答應。

高個子年輕人，見他佇立路口猶豫，彷彿怕失去機會；馬上竄前兩步，彎腰抓住皮包提把，陪小心地說：「我來幫你拎。」

皮包內裝了應急的藥，有服用的，注射的，外敷的，還有聽診器，體溫計，針筒針頭之類的醫療器具，以及一些必備的參考書籍。皮包是他的良師、助手，也是他的第二生命，片刻不能離開手邊眼前；但現在卻敵不過一股熱忱，無法使青年的手放開，他只好讓他提著。緊跟於後面監視，諒不致有差錯。

這屋子在外面看很小，但走進後，陰森森的，隨著年輕人，跨過幾個房間，還沒見到病人。玲玲被牽住的手向後拖拉，賴著身體不肯前進。

爸爸蹲下安慰著：「好好走，一會兒就到了。」

「走不動嘍，我要坐車。」

「屋裡哪有車好坐，走吧，再走幾步；我們出去坐漂亮的車。」

青年摟腰伸手想抱她，玲玲猛地跳起衝刺，嘶喊著逃避。

醫生忙阻止：「她怕生人。我們不管她，走吧！」

向前走了幾步，玲玲便拖著腳跟畏縮地，一步步跳躍而來。

青年推開虛掩的門，讓他和玲玲進去。房間光線很暗，紫色窗簾緊密地遮蓋著，也沒有點燈，空氣顯得特別濃濁。這病人一定怕光又怕風，他想。

醫生坐定直背木椅（玲玲坐在矮竹凳上），才發現門旁坐有一對老夫婦，默默凝視他。

緊靠牆的牀上有隻胳膊揮了一下，醫生站起身，想走近病患旁診斷。但表情嚴肅的老婦人，舉起手臂攔阻：「我不讓人碰她！」

「媽！」青年搶在她身前。「給醫生看看不要緊。」

「我不相信醫生！」老婦人的語氣堅定。

江培光的喉頭被一團海綿堵塞，用力咳了咳。實在受不住這當面的侮辱。「哪一位打的電話？」

「是我。」年輕人舉直右臂。

「哪一位不讓我進門？」

「是我。」門後的老人發出微弱的聲息。

玲玲絕望地說：「爸，我們回家吧！」

當然該回家。甚至於不該接了電話就來，或是在受到阻礙後，不必走進大門；但要弄清爲什麼不歡迎他。

原來老夫婦是年輕人的父母；生病的又是誰？

「請你把皮包給我。」他對手抓皮包尷尬站立屋中的青年說：「你預備怎麼辦？」

「一定，一定……請江醫生看一看。」

「好吧！」他伸手去抓皮包。覺得必須尊重請他看病人的意見。「病人是誰？」

「是……我家……家裡……我太太。」

「你把電燈打開！」

母親用手勢阻止。「病人不能見光，也不能給生人碰。神會生氣，你懂吧！」

兒子眞的表現出氣憤神情。「哪兒來的神？神在哪兒？」

「我早對你說過：今兒上午，我去求過黑臉的神。」母親連連嚥唾沫，不滿地傾訴。「你曉得我磕過多少頭啊！敬香、加油，還供上一串香蕉，拜了又拜。打了卦，求了籤；還用一張紅紙包了一包香灰——」

醫生猝然退後兩步，跌在木椅上，大皮包踉蹌地滾落椅腳旁。可以想像得到，包香灰的紙，從香爐裡撮起一些，還在煙柱上抖點燃盡的灰末，可兢兢業業地包起，拜了拜，放進衣袋——幼年在廟裡，看到這愚蠢行爲，就懷疑，就下定決心要學醫，想不到今天會面對這頑劣的事實。

「黑臉的神給我藥。」母親神情亢奮。「紅臉的神對我笑，白臉的神給我一個上上籤——」

「什麼神，我都不管。」兒子大吼。「我要請醫生瞧瞧，到底是什麼病。」

他做了一個手勢，請醫生走往牀旁；然後「刷」地一聲，把屋中電燈開亮，搬張骨牌形木凳，重重地放在牀前讓醫生坐下，再把病人扶坐於牀頭。

江醫生迅速打開出診皮包，拿出聽診器在病人胸前、背後檢聽，像稍遲片刻，就失去醫治的機會，就不能對不信任他的二位老人報復。

他對自己竟想到報復，覺得比老人更愚蠢。他們拿香灰治病，是他們自己的事，他何必認眞；難道就爲了要多賺幾個醫藥費（在這種情況下，他往往是不取分文的），那到底是爲的什麼！

想用事實戰勝他們的無知和愚昧？

病人被檢查完畢，發現沒有量體溫。是由於倉皇地搶著診斷，也沒有吳素芝協助，才顧此失彼。平時吳素芝管病歷、量體溫、拿藥、注射、包紮……是個得力的助手，現在唱獨腳戲，便感到慌亂無措。

再匆忙地打開皮包，取出測溫計甩了甩，抖顫地插入病人腋下。

母親雙臂振起大呼：「還用那麼粗的針戳人！」

年輕人忙搖頭解釋。「不是針，是量體溫，看有沒有發燒。」

「那東西會量得出？」

兒子把母親推回原位坐下。母親仍不服氣狠狠地說：「我不管，神會罰你！」

玲玲接著說：「神來了，神來了。」

老婦人忙問：「在哪兒？哪兒？」

「一個紅臉，一個黑臉，一個白臉……」

醫師厲聲斥責：「不要胡說！」

玲玲仍邊說邊唱。「紅臉的是狗，黑臉的是貓，白臉的是兔子——」

老婦人大喊：「胡說！小孩子是哪兒來的？」

「我和白臉一道來。」

老婦人聽不明白，歪頭問：「什麼？」

兒子努努嘴。「是江醫生的小姐！」

母親沒有來得及回答，測溫計已被取去，橫在醫生眉間覷視。

江培光驚訝地報導：「四十度八！」

兒子湊近問：「危險嗎？」

「還要看看喉嚨。」

青年爬上牀，扶著病人的頭迎向燈光。

醫生從皮包取出長條鐵片，捺住患者舌頭，見是喉嚨發炎，加上重感冒，病狀不輕，該不是香灰能治好的。

年輕人跳下地，愣視醫生：「嚴重嗎？」

他覺得問的話太多了，只是輕輕哼了一聲。「要注射一針，消炎的。」還要加強他們的信心，比那香灰給他們的信心要強。「藥是美國的。」

默坐在門後的父親揚聲吼叫：「騙子！」

「還要退燒，再注射德國的……」

父親又叫：「騙子，騙錢的『蒙古大夫』！」

玲玲咿咿呀呀。「我國有紅臉的香灰——」

江醫生嫌自己講得太多，謊言用國外的藥欺騙他們，確和他們一樣愚蠢。現在除了接受謾罵嘲諷外，還能說些什麼，做些什麼。

他懊喪而又笨拙地爲病人注射。如果吳素芝同來，這些瑣碎的工作，就不必親自動手。

太太的心眼兒窄。他不能看吳素芝一眼，不能對她笑；吳素芝更不能作微笑狀。那是業務上的行爲，怎好和兩心傾慕連爲一談。

好了，她擄走你的業務助手，使你工作停頓、呆滯。必須帶著孩子出診，向太太和吳素芝低頭——太太也是愚蠢的尖頂人物！

這彷彿是個愚蠢的世界，有一群愚蠢的人物。他內心詛咒道。

注射完了，他取出一些特效藥片、藥粉（和香灰的色質很近似哩），交代了服用法，即把一切物品，裝入皮包。

他旋身對玲玲說：「我們走了。」

「去哪裡？」

「我們去坐汽車。」

老婦人攔阻在他們身前。「神生氣怎麼辦？」

醫生搖頭，想說沒有神；但看到老婦人眼中那股虔誠的愚昧的異樣色彩，突地改變了主意。「神不會生氣。」

「假使生氣呢？」

他看向年輕人，年輕人臉上有很濃的困惑表情。彷彿無力給他解圍。是你求醫的，而現在你執迷不悟的母親，挺身擾亂，你怎能袖手冷視。

江培光搖頭、聳肩、攤手，表示不知道，沒有辦法，餘下的就是說神不會和人生氣。

但這些她不會了解；是否了解，他也不必重視。拉著玲玲的手，側身向外走。

坐在門後的父親，霍地起身，當門站立賽擎天柱，「皮包不能拿走！」

「爲什麼？」

「我要檢查裡面的藥，到底是哪一個國家的？」

「你不懂，也不認識。」醫生氣惱得哇哇叫，就是懂，就是認識，也不能讓他檢查。

「等到病人好了，才能讓皮包拿走！」

這是哪裡的風俗和規矩。如此，一個醫生只能看一個病人；患者死亡，醫生也就不要生存。

他突地覺得老人的神經不是多幾根、少幾根，就是腦裡有個大瘤。

他摔下皮包，抓出聽診器，要試聽老人的腦袋。老人見長串的繩索和鐵器，伸在自己眼前，便驚懼地逃逸。

醫生右手提皮包，用抓著聽診器的左手拉著玲玲往外跑。

天已全黑，沒有星星月亮；像被一張黑紙，包裹了整個世界。

鄉村裡沒有計程車，他對自己沒有叫僱來的車等待，感到後悔、氣惱。只好牽著玲玲的手，摸向南北交通要道等長途公共汽車。

在招呼站旁坐下。要玲玲坐在皮包上等待，他走往售票亭買票。錢遞進去，票拿出來；掉轉頭，見玲玲跨上班車，車門已關了一半，正待行駛。醫生振臂大喊，狂奔；馬達嘈嘈嚷嚷，車輪猶豫了剎那。他猛力跳上車，門關了，車輪滾動；才聽到那老人哈哈的得意笑聲。

從車前燈強烈的光焰，見那愚蠢的老人，攫住他那出診大皮包，蹣跚地跳躍。

他揮舞著聽診器，才想起自己沒有跟病家要醫藥費，更沒有注意到掩藏在身後，一心一意想扣留他皮包的老人。這又能怪誰呢！

釣魚

雨絲在乳色煙嵐間浮遊，霧靄迷濛在山崗田野。

葛明江赤著雙腳，肩負闊嘴鋤頭，傴僂著原已很駝的背，踏荏弱的細草前進。葉尖上一粒粒水珠被踢滾，泥腳也刷洗得顯出黑瘦枯黃的本色。

到達磚牆小屋門前，脫下圓形斗笠，把鋤頭倚在簷下；咳了咳才跨進門。

稀疏灰髮蓋不滿頭頂的太太，坐在骨牌形矮竹凳上，仰起頭問：「陸華找到你嗎？」

「沒有。」他感到猛然一怔。「他找我幹麼？」

「他說有事要和你談。」

竹笠是想摔在窗旁小方桌上的，但用力過猛，仰著旋轉了一陣，才停落在堅硬的泥地上。

有事怎不到田裡找他？挖鬆一塊土，黑黑的蚯蚓被鋤頭切成兩截，仍在焦黃的土壤上躍動。陸華知道他工作地點——他們耕種的土地僅隔一條田梗。他不願和陸華對面談話，該起身離開家。從陸華小屋側面的窗子，可以看到他的門，當然看到他回家。有什麼地方好避嗎？

廟裡都是年輕的尼姑，而他已很不年輕了，六十五歲，加上六十二歲的老伴，超過雙「甲子」多多。陸華比他小一歲，都屬於陳舊腐朽的一代。天未全黑尼姑們就關好大門；山上還有座和尚廟。

當然不嫌太遠，你是有力氣爬上去，在彌勒佛的大像前膜拜叩首。

還沒放出勇氣作最後決定；門前突然有黑影閃動。猛擡頭，陸華已伸著兩隻臂膀，大步踏進屋內。

爲了維持禮貌，他大聲喊請坐。

太太站起，拾掇滿堆衣服的木椅；但陸華早邁坐在矮骨牌竹凳上，喧嚷地大叫：

「你已知道了嗎？」

他搖頭。無頭無尾的話，沒法回答。

「我種的那塊地賣了。」

「你賣的？」

「當然不是我，是老闆。」

陸華和他一樣，都是爲主人看守墓場；墳墓剛興建時，按月發薪；逢年過節，還有特別獎賞。年復一年，節賞取消了；再過些時，薪水減半，三年前，乾脆停發；只靠耕種墓旁的空地維生。

葛明江的主人姓馬；而陸華的主人姓楊，墓地又比楊家遲建五年。但對待看墓人的方法卻完全一致。現在又提前賣掉墓側隙地——陸華感到緊張了？

「你就是爲這事找我？」他感到一陣得意；拋去手中半截菸頭，再抓起桌上菸盒，抽出一枝菸想遞給陸華；但伸出一半，又縮回塞進自己嘴角。他和陸華沒有交情，一杯茶、一枝菸、一張紙……都不能浪費在姓陸的身上。

沒看到他的小動作，陸華低頭檢視自己播動的足趾。爛泥巴塗滿腳背。纏滿細草的小徑，不會如此泥濘；陸華是從何處走來？

「是的。」陸華的聲調，低得近乎耳語。「我老闆把那塊空地賣給你的主人——」

「可靠嗎？」

「沒錯，主人有信來……」

笑意在葛明江的臉龐綻放，擡起頭，眼神和太太射來勝利式的目光相擊。是的，勝利了。陸華再不能用狡詐方法、詭譎手段欺侮他了。

他是個道地的忠厚長者，願意助人。陸華剛來這墓場，他幫助砌小屋，墾荒地。實在太寂寞了，眼中盡是蒼翠的山巒，枯黃的墳塚——主人家的水泥墓四周，遍植龍柏，是他澆水、施肥、修葺，才長得蓊蓊鬱鬱；但那並不能消除寂寞感覺。有了新的鄰人，把深埋在心底的感情、熱忱，全部蒸發爲行動，陸華的態度卻慢慢轉變，想不到吧。

想不到。他種稻禾，陸華卻在梯田的上層種旱谷，不爲他積蓄一點水。第二年爲了配合陸華的耕種雜糧；而上田的水便嘩嘩的往下傾瀉，像是存心搗蛋。

搗蛋的事數不清。園地裡的菜蔬青蔥可愛了，陸華卻放出籠中的成群雞呀、鴨呀邊吃邊蹂躪。爭吵，詈罵再用力打一架，也不能將失去的收回、彌補。何況更有不能忍耐的事故發生。

用竹管引接的山間泉水，經過陸華屋前，被故意染汙不能飲用。外地的朋友來訪，陸華不知有葛明江這人，要客人在墳叢裡梭繞幾個大圈子；不是他偶然瞥見，朋友眞以爲他葬於孤墳野塚之中。

好吧，他沒有死亡，該輪到陸華躺在漆黑不透光的墓穴中了，主人賣掉耕種的空地，六十四歲的陸華，靠什麼生活呢？

「信上怎麼說啊？」他還裝得非常關心。

「墓園不要看守了，要我另外想辦法……」

「那不要緊，我主人也對我說過。」

「可是，你這兒的土地沒有賣，反而增加了許多。」陸華嘆了一口氣。「我老了哩，還有什麼辦法好想的！」

葛明江摸摸下巴頦又硬又長的鬍鬚，而老伴的頭髮，稀疏得可以清數。都老了，曾幻想在這兒工作，在這兒生活，將來也死在這兒，埋葬在這兒——當然陸華也是如此想，如此計畫，聽到這消息，便感到一切幻滅了，是不是？早該對他這鄰人和睦的，陸華卻使用種種惡劣手段對他，今天還有臉面要求什麼？

既然來告訴他，不得不敷衍些。「慢慢想，辦法總會有的。譬如你有什麼親戚朋友可以商量的。」

「沒有，什麼人都沒有。」

可憐的孤獨老人，沒有親友，也沒有妻子兒女，比起他來差得多。他有兒子媳婦不能耐寂寞，實際上是園地不夠生活；去外面謀生，丟下孫兒孫女讓他們老夫婦撫養。怎麼回來半天，沒有見到他們又可愛、又淘氣的兩個小孩。

他突地掉頭問太太：「小強他們呢？」

太太愣了一下，才結巴說：「他們在山邊挖蚯蚓。」

「挖蚯蚓幹麼？」

「要釣魚。」

孩子想得太天眞。山壁都是岩石，孩子挖不動，也不會有蚯蚓；山澗淺得像碟子似的一點死水，怎麼有魚。小強七歲，小英五歲，腦子裡除了吃和玩外，還不能想什麼。他這公公沒法阻止，也無法說服，只好讓他們任性胡鬧吧！

但他不想當陸華的面說穿。接著問太太：「他們哪兒來的魚桿、魚鉤？」

「他們自己做的。有竹竿、有痲線，沒有魚鉤——」

陸華突然笑地著說：「沒有鉤，可以釣魚？」

屋中全部靜止，大家的呼吸很急促，直鉤釣魚，是願者上鉤；沒有鉤釣魚，又是怎樣解釋？沒有地，怎樣耕種？沒有飯吃了，怎樣能維持生命？陸華忘記本身的隱憂和苦痛，關心孩子們的遊戲。可是，他平時並不喜歡孩子啊。

孩子們遊玩的天地，從家中擴展到田野、墳墓，沒有鄰人，沒有兒伴，小強、小英太寂寞了；到陸公公家去玩吧，打壞茶杯、飯碗，被趕了出來。以後，很乾脆，見到他們的影子，就把門關緊。孩子撿起石塊敲那軟弱殘破的木板門；就是不開。

七歲的小孩，當然不了解：六十歲老人的腦子裡，想些什麼，以爲是開玩笑，捉迷藏；對著門大喊：「陸公公，你到底開不開？」

「不開。」

「再不開，我就點火燒——」

眞的打開了，但沒有讓他們進門。一手抓住一個小孩膀臂，送到他家，兇兇地責問。「你們的孩子只管生，不曉得教，就出來害人！」

說好說歹陪小心，還不能使陸公公板緊的面孔放晴。痛打了一陣屁股，孩子大哭大叫；老人的氣似乎消了些，才梗起脖頸快快離開。想不到吧：孤獨無依的老人，成日在獨扇門的小屋裡，或是荒草叢生的枯塚間盤旋，會討厭孩子——現在關心孩子釣魚，是假裝出來的？

「孩子們釣不到魚，並不重要；」主人抽著菸，連連噴著菸霧。「他們有個魚桿，在水裡做樣子就高興了。」

「我不懂，一點兒都不懂。」

你不懂的事太多了。你以爲會在這山間生根，永久在上游作弄他；想不到主人不願保留這墓地，你就無處容身，就來求別人援助了。

但是，爲了以往的一切，絕不原諒他，幫助他。

不必討論孩子的遊戲，該趕他早點出門，現在是吃晚飯、休息的時間了，和他鬧嚷敷衍又有多大意思。

葛明江理起話頭問：「還是聽到什麼消息嗎？有關土地、墳墓……」

「沒有。」

「那麼你來，是爲了——？」

「我是想，想……」陸華的兩隻拇指連連躍動，囁嚅半天才說出口：「你的地增加了，我想來爲你幫忙……」

作夢，分開兩處，騷擾得已夠多了，還能共在一起，受作弄和欺凌。幫忙算什麼呢？是合夥，還是他家的傭工？增加那塊地後，可以把在外鄉工作的兒子媳婦喚回來，全家團聚一堂，比僱一個陸華不知要好多少倍，怎能接受這額外請求。

「不行。」葛明江想了想，再彎腰伸長膀臂搆起那頂斗笠，抓在手裡搧動。「你該去廟裡想想辦法。」

「你是說尼姑庵？」

「還是和尚廟的香火盛。」

「盛又怎樣，衰又怎樣；和尚也好，尼姑也好，他們都不會歡迎我。」

那是因為你個性孤僻，手段卑鄙。攔住香客不讓進廟門敬香。為什麼有酒有菜，不自己享用，要去供那些木雕泥塑的偶像！大把大把的鈔票，可以穿得更暖，吃得更飽，住得更舒適；為什麼要孝敬四體不勤、五穀不分的尼姑和尚。

傳開了，姓陸的是沒有信仰的墓旁殭屍。和尚不喜歡，尼姑更不喜歡那個怪人。

儘管有那許多等待開闢的廟產；陸華不會獲得寸土尺地的耕種權。

葛老頭把竹笠掛在椅背上，再回轉身安慰陸華。「現在你可以做一些準備工作——」

「呃？」陸華昂頭等待他說下去。

「譬如說：你先去燒燒香，拜一拜，抽籤問卜——」

「拍神的馬屁，我不幹。」

「你也承認有神？」

「大家都這麼說嘛，我又有何辦法。夜夜和鬼爲鄰，天天看到香燭紙馬；眞的，我有點懷疑：人死了以後，是不是需要活人陪伴？」

這話聽來滑稽，當然認爲不需要像陸華這樣的人陪伴靈魂，主人才出售空地。因爲無處安身了，陸華才找出理由替自己辯護：不在乎主人爲他安排的這份工作。

「不錯，你有理由懷疑。世上有千千萬萬的鬼魂，沒有活人看顧、祭奠、清掃，但沒有一個人遭遇到像你這樣的困難——」

「還有你呢？」

太太也失聲大叫：「還有你，你的困難哩？」

老闆的兒子當家，曾再三的告訴他，陳年古代的墓園，不必浪費人力看守，該早想別的辦法謀生。主人辦了一座紡織廠，要他的兒子媳婦去工作。他這麼一把年紀了，再去從頭學習技術？

我不幹，葛老頭對自己咕嚕。若是主人眞的把地賣了，他絕不像陸華那樣去求人。

「等到困難來了以後再說……」

全身淋得溼漉漉的小強，肩上扛著長竹竿跳進門，大聲喊嚷：「公公，好大的魚跑掉了，沒有釣起來。」

小英右手拎一綹黃黑色痲線，啼哭著說：「我要魚桿，我要釣魚。哥哥不給我嘛，我要嘛……」

小英被奶奶把住，仍牽動身體掙扎著，要去搶魚桿。

奶奶大聲叱責：「小強給妹妹玩。」

「不給，我要釣魚。」

「沒有線，怎麼釣？」

「我就是要釣。」哥哥甩動竹竿。「一條大魚，快上鉤了，被妹妹嚇跑了。她根本不會釣。」

妹妹哭著說：「我要魚桿嘛！」

公公拉住小強的手問：「你們在哪兒釣魚？」

「池塘裡。」

「你看到魚？」

小強的左手向前伸，和抓竹竿的右手比了比：「好大啊！」

胡說八道。池塘一直乾涸，前兩天下雨，才儲積起半池的水，怎會有魚出現。

公公仍在勸說小孫子：「池塘裡沒有魚，有魚你也釣不到，線上沒有鉤。」

「會釣到的。一條大蚯蚓在線頭上，魚會來吃蚯蚓。妹妹用石頭砸魚，魚跑了。」冷坐在矮椅上的陸公公哈哈笑。「孩子們有意思，就是喜歡爭。有沒有魚不重要。」

但葛老頭沒答理，繼續哄小強。「你把竹竿給妹妹，公公明天帶你去河邊釣魚。」

「不要。」

奶奶哄孫女。「不要釣魚，奶奶明兒上街買條大魚回來吃——」

「我要釣魚。」

屋中吵嚷不休，陸華突地站起大聲問：「你們眞的不答應我來幫忙？」

主人說：「不好答應。」

主婦的臉龐在孫女肩頭搖晃。「我們不敢勞動大駕呀！」

陸華快快走出門邊，再轉身對小屋中人說：「我沒有對你們說清楚：你們主人擴大墓地，是爲了建靈塔。」

丈夫說：「什麼樣的靈塔？」

「要貯放許多孤苦無依的骨灰、靈魂。」陸華擺出權威性的姿態。「有五層高，面積很大——」

葛老頭趕緊問：「大到什麼程度？」

「我和你耕種的園地加起來嫌不夠，還要拆掉這間小屋。」陸華仰頭打量紅磚灰瓦的房子。「到那時候，你們也許會住進靈骨塔去。」

「你是說骨灰？」

「靈骨塔裡說不定有一兩間小屋，讓活人住著，陪伴那些靈魂。」

公公搶過孫子手中玩弄的魚桿，縱在門前，用桿頭點著陸華說：「你怎麼知道的？誰說的？」

「我說過，我主人有信來。是他建議的，要做點慈善事業什麼的，解救人們靈魂。如果你不信，可以去我那裡看……」陸華邊說邊向後退，彷彿怕竹竿敲擊頭顱。語氣沒完，霍然轉身，連奔帶跑地隱入雨霧中。

「既然知道這消息，還來故意淩辱人，爭那塊不存在的土地！」葛老頭拋掉手中半截香菸，狠狠地大聲說。轉頭見太太睜著大眼看著他，羞赧地遮飾道：「陸華真不是個好人。」

「你該寫信去問問兒子媳婦要怎麼辦？」

他還沒說出自己意見，孫女兒已撲上身哭著喊：「公公，我要魚桿，我要釣魚。」

小強也伸長手臂搶著搆：「我也要釣魚。」

「池塘裡沒有魚，你們要釣什麼！」公公猛力攀折，尖銳的響聲過後，枯脆的竹竿已斷成兩截，被摔在門前空地上。

孩子們像一對雙聲喇叭，嗚啦啦地吹奏。

祖母蹲下身，一手擁抱一個孫兒孫女，呢喃地哄著說：「不哭，不哭。公公不好，我們不喜歡他。奶奶明兒去買竹竿，到有魚的河裡去釣魚，釣一個很大很大的……」

公公回到座位，抓起斗笠，套在左手食指尖上，用右手牽扯著滴溜溜旋轉起來。

撕碎的鈔票

潘亞華兩手插在灰布夾克的袋裡，低著頭在囂擾的候車室裡蹀躞。猛擡頭，見那輛客運汽車門前，只剩下三四個乘客，搖搖擺擺。經驗告訴他：車快開了。他沒往窗口買票，抽出雙手，斜著身子擠過攢動的旅客，從空悠悠的上鏽的鐵欄杆出口，衝抵車門。

肩掛帆布袋的女車掌，已尾隨最後一個乘客，蹺著左腳橫跨上門階。

「慢點！慢點！」他喘息著喊。

嘴銜銀笛的車掌，轉過灰沉沉的四方臉，迅速地掠他一眼，眼皮立刻下垂，彷彿怪他緊跟在身後，撕去了她那份主兒壓陣的尊嚴。

她終於跳上一步，讓潘亞華踏上門蹬，淺淺的船形帽蕩了蕩，再摘下斑剝的短笛，左手橫伸在他面前：「票……」

潘亞華輕顫了一下，突地覺得自己不該坐這輛車子。五分、十分鐘過去，他買了票，安逸地搭下一班車，既有位子坐，也不會受冤枉氣。

他撥開跳下車的念頭，從插袋裡掏出一張藍票子，在車掌胸前晃蕩。

「為什麼不去窗口買？」

車站上的自動鳴叫器嗚嗚地哭喊。這是最好的回答：買了，就趕不上這班車。她自己心裡有數，是不該多問的。

摺成四摺的藍色鈔票，正放在她張開的手上，他以為她會接住。糟了，沒有。她舉起銀笛塞進鮮紅的唇中，賭氣地吹，同時另一隻手推攏車門，扳上橫門，動作機械、敏捷而熟練。

遺憾的是：那張藍票子顛了顛，孤零零地躺在滿是泥漿的車板上。

車子喘息、顫動、搖搖晃晃向前走。車輪壓在溼淋淋的光滑路面上，有撲擊的嘶嘶聲。

亞華舉起上眼皮，滑向疊印一層層毛茸茸的頭顱。兩排卡座鋪滿一張張無表情的面孔，甬道裡也像灌香腸似地塞緊乘客，車掌走向車後，和一個抱孩子的女人咭咭呱呱，爭論是非長短。

大家都沒留意那張可憐兮兮的鈔票。車掌是看到的，爲什麼不接住？嫌數目太小？在右旁加上若干零，她就會笑嘻嘻跟著走。被藐視的小小一張紙，是他半天的薪資。要弓腰低頭，伏在藍湛湛的玻璃板上，用鋼筆、毛筆或是鐵筆使勁地寫啊寫啊，寫上四小時，寫得胸口脹痛，眼中有銀絲舞動。賺錢不易，他不能拿鈔票和別人賭氣。

他蹲下撿起鈔票。把浮在上面的泥漿，在灰卡其布褲上抹了抹，它又顯得明朗可愛了。

站直身體時，他代車掌打量自己一眼；腳上的白膠鞋，被泥漿染成灰黑色，鞋頭還露出大指。長褲又髒又皺像抹布，早該送進洗衣店漿漿燙燙。這副德性，難怪車掌的頭仰向車頂，看不到這張藍鈔票。

亞華拎著鈔票抖了抖，再捏成一團，塞進夾克左邊的插袋，如果這時穿西裝，繫領帶，套上亮亮的皮鞋……

辦公室裡和他坐對面的老江叼著香菸，蹺起二郎腿對他說：「這兒大家都不像你，你眞是又忙又窮。」

他搖頭笑笑。手中紙張和筆墨齊飛。待遇少，工作多，怎能不窮不忙。

老江又說：「先做一套西裝，把窮相遮一遮。」

錢從何來？他也能像老江一樣：到處欠帳，讓賣麵條的攤販，小飯店和雜貨店的老闆，跑到辦公室要錢？老江如借到錢，或是預支到薪水，喜歡把一張張大鈔票摸出來裝闊。有時也會手心向上，偷偷在女工友面前，借五元或十元零花。

「我不想打腫臉充胖子。」他仍細心畫表格，熟人深知他的境況，不會因爲他的外表蹩腳瞧不起他。素不相識的人，印象好壞，對他無損。

「你不信我的話，」老江把右腿從高處猛地踏下，一躍而起。「吃虧的將是你自己！」

他已吃了很多「人長衣短袖」的虧，現在這黃毛丫頭，正用各種方法撕他臉皮，教他無法站在車廂。她已離開抱孩子的女人，像海浪似的一波波逼近，斜著眼睛打量他，彷彿在辨認他是不是最後上車的人。

他宛如在波浪裡浮沉，有暈眩的感覺。雙手緊抓住涼冰冰的橫桿，俯身注視窗外雨霧中的市招：橫七豎八，大大小小。飯店、保險公司、電器行、小兒科……字體扭曲歪斜，色彩濃烈妖豔。

車掌大叫：「買票！」

她是該問那張藍鈔票的，更應說明：沒有抓住它，是剛好碰到鈴聲，沒來得及伸手；而不是──

「我交給你的錢？」

「我拿了你的錢？」車掌扳高了十六度音階。

亞華慢慢旋轉脖頸。眉畫得很濃很長，像把方臉割裂成兩塊。音調和拉大鋸相似，肌肉和感覺都被宰割得淋漓不安。

「妳把我錢丟掉，還要我買票？」

「胡說八道！」她低頭作搜索狀。「誰看到你的錢？」

車廂裡的男男女女，都爲自己找更好的位置，希望坐得或是站得更舒服，誰會關心那張鈔票？

靠車門坐的麻臉，眼睛瞇起笑了一下。是表示看到他的錢，還是嘲笑他和車掌胡扯？

他面皮不乾淨俐落，有什麼資格嘲笑別人。正像老江一樣，在處長面前倒茶、點菸，滿嘴的「是，是，是。」可是到了辦公室，就要嚷嚷地報告，昨晚和局長、處長、董事長打橋牌的牌經。不管你聽不聽，話飄進耳朵總是不舒服。全辦公室裡的人，都知道老江在處長公館裡連坐的位置都沒有；但他卻喜歡有意無意地暗示大家，他和「長」字輩同吃同坐，隨時可以提拔你們，你們應該好好孝敬我……

老江那三寸丁的樣子，也配？會打幾張橋牌，就可把糊塗、無能遮蓋起來一步步上升？

麻臉更不配嘲笑他。他癱在卡車裡，像一堆牛糞，沒稜沒角。如果也沒買票上車，受到的待遇會更差，更沒地方立足。

潘亞華賭氣地大聲說：「不管妳有沒有看到我的錢，就是不補票！」

「你坐車不講理？」

「誰不講理？」

「你……」

到了一個招呼站，車掌猛吹汽笛，有人上車，也有人下車。

他腦中突然興起跟著乘客跳下車的念頭。車掌對他沒有禮貌，他就不坐這班車，以表示抗議。

可是，他要赴約。總經理也許正等著他——還有不少有錢有地位的客人，都伸長頸子盼他早點到達。肚子嘰咕嘰咕叫，才使他想起，自己還沒有吃晚飯。現在怎能和一個不懂事的女孩子鬥氣，使大家空瞪著那些美酒佳肴，受飢餓的煎熬？

再低頭檢視自己的服裝一眼，心中也流過輕微的戰慄。寒酸的外表，在喧嚷的貴賓中周旋，即或自己不感到羞愧，要面子的主人，不嫌他一身窮相？如果接受老江意見，把自己僞裝一下？

不，他瞧不起老江的行爲，怎能按照老江的話去做。爲了顧全主人的臉面，他可以不參加宴會，掉頭回去，到大伙食團吃盤餐。

猶豫的時間太長，下車的機會，已隨著「嘟」聲消逝。車門闔起，車輪又馱著車身，轆轆飛駛。

爬上車的是一男一女，男的穿天藍尼龍雨衣，水點仍像眼珠似地滾動。女的用橘黃紗布紮著頭髮，把塗有玫瑰紅的指甲，挨近潘亞華手旁的橫槓抓著。

那男的從懷裡掏出錢，車掌接過放進帆布袋，嫻靜地翻動票簿，剪洞，再把撕下的兩張車票和零錢遞過。

她轉過身，又伸右手在潘亞華面前：「買票！」語調圓潤光滑（仍是拉鋸式的），像從沒有和他發生爭吵過。他很佩服她的鎮靜和職業性腔調；但這並不等於忘記曾經侮辱過他。

潘亞華大聲說：「妳罵我，瞧不起我，還要我買票？」

「誰罵過你？車上這麼多乘客，你問問看，我罵過誰？誰聽到我罵你？」

賴得很乾淨。他沒有錄音機，也找不到證人，打起官司穩輸。

雨絲澆潑在窗玻璃上，猶如鑲上一粒粒明珠。街道上的景物模糊，眼前浮起一層薄霧，麻臉在霧中，咧開嘴得意地笑，輕視地笑。

他要罵麻臉——不，該罵車掌一頓，教訓她服務顧客的態度。那有什麼效？老江會說，你是瘋瘋癲癲神經兮兮嘛！老江會說，你是沒有地方出氣，只好找個弱女子發威。老江會說，你想賴掉車錢，當然找理由做藉口。老江會說……

老江是個什麼東西？他要受他的擺布？下午，老江的茶喝足，各種報紙上的武俠小說看完，把桌上的一堆文件和報表，放在他面前。

「勞駕，幫忙代寫一下。」老江說完，還附贈一個廉價的微笑。

亞華尖起嘴唇，努力飛舞在桌上的紙張。「我自己的一份，還清不掉哩！」即或是能馬上清掉，也不能幫那樣的小人盡義務。別人成天把頭鑽進字紙堆中，他卻悠閒得像個花花公子。還找別人麻煩？

「無論如何，幫忙——」老江拍拍他的肩，做出一副灑脫豪邁的架式，扭轉身軀向外走。

他迅速伸出左手，抓住縫燙得筆直的西裝褲。「你自己呢？」

「橋牌局，提前下班……」

「笑話！你去玩，讓別人代你做事，眞是豈有此理！」潘亞華的嗓門拉得很高。他覺得全辦公室的人，都停下工作，視線匯集在他們身上。

老江剝開他的手，再捏著褲縫抖了抖，像擔心那條直線被扯得歪曲。

「你一定不知道我和誰在一起。」老江的聲音也不弱，連蹲在牆角沖開水的工友，也扭著頸子看他。「有局長，還有——」

「不行，你拿走！」潘若華把那些文件，猛力一推，已有一半滑在磨石子地上。

「你和上帝在一起都不行！」

他聽到噗哧的笑聲。但沒有追尋笑聲的來源，不明白是笑他說話過火，還是對老江碰了釘子感到開心？

「半公半私，不賣面子？」

「公事公辦。」他又把剩下的文件摔在地上。「和你沒有私人感情！」

「說話客氣點！」老江俯身把嘴巴靠近他耳朵，但聲調大得仍具威脅性。「處長的意思，是要我把我的這份工作，全部交給你；還是我覺得，我們是老同事，人情上說不過去，所以——」

潘亞華霍地站起身。陽光——不，乳白色天花板下的日光燈晃了晃，眼珠覺得脹痛。簷角急促的水滴聲，像毫不留情地敲在心尖上。每張辦公桌上的臉孔歪歪斜斜，說多難看就有多難看。

老江的雙肩挑起，溢出一種勝利式的笑容。未說完的話，沒有繼續下去，得意地跨向大門。

他雙腳跳起大喊：「混蛋！你站住。我問你：處長眞說過這樣的話？」

「說……說過，」老江舌尖在口腔內打滾。「我爲什麼要騙你？」

「如果處長說過，處長也是混蛋——」

辦公室裡的同事，全擁在他身旁，憤怒被窒息在喉頭。科長也從又大又亮的辦公桌後面舒服椅子上站起，跑近他身旁安慰、勸解。他從沒對同事大聲說過話，更沒發過這樣牛脾氣，大家很驚訝，科長更擠著兩粒小眼睛，搓著圓而短的胖手指，不知如何處置這突發事故。

老江被簇擁往門外，摔在地上的文件被七手八腳抓起抱走。辦公室沉寂下來，日光燈又嗚嗚地輕顫。他內心有股翻滾的波浪，不斷撞擊，奔騰，彷彿再也無法靜止。雙手哆嗦，抓不牢筆桿。藉機提前下班，外出散心，偏偏又碰上這「狗眼看人低」的車掌。

他側轉臉，見車掌斜著頸子瞪他，沒有絲毫讓步的意味。

他說：「妳年紀輕輕，就仗勢欺人？」

仗勢欺人的是老江。老江也比他年輕，還不到三十歲。這句話該對老江說的。

「我不敢欺侮人，也不讓別人欺侮。」她用厚厚的一疊車票，拍擊著掌心。「不管你有多老，總歸要買票！」

「就是不買！」三十五歲的男人，還沒結婚生子。未來的前途事業，正等待他去發展、開拓，怎麼算老？

有拉鈴聲，她又吹響銀笛。令他驚異的，站起踏向車門的是麻臉。

車停了，拉開門，麻臉一隻腳跨出車廂再縮回，扭轉上身對他說：「坐車不買票，又不講理。你是不是男子漢大丈夫！」

沒來得及回答，麻臉已躍出車門。他腦中只描摹出絲絨般纏結不清的面皮。

哨音，呼啦啦關門，車子喘吁吁向前衝。

他恨恨地氣惱自己：為什麼不追隨麻臉下去講理？局外人為啥要多管閒事？麻臉又

有啥資格評判他？趁他不備的當兒，偷偷襲擊，再飛快地溜下車，算是大丈夫男子漢？老江會說，體體面面的人給痲皮羞辱，還活得下去？老江會說，你這人是毛廁坑裡的一塊板，又臭又硬，到處不受歡迎。老江會說，你不聽我的話「裝備」自己，吃虧的還不是你？老江會說……

車掌把亮亮的X形剪刀，往他眼前一揮：「看吧！你不講理，別人也看不慣，打抱不平。快補票！」

她敏捷地一張張翻弄著車票簿，剪刀連連的軋、軋、軋，做出準備打洞的樣子。

「我告訴過妳了：不買票！」

「不買票，能夠坐車？」

「我要報復妳、教訓你的沒有禮貌！」

車掌唔了一聲，再把鼻子吸了吸，鄙視的神情，在唇角上特別顯著。「你跨上車，我就看出你沒錢買票！」她左腳一蹬，打了個迴旋，背對著他。懸在腰際的帆布袋，也掙扎地繞了半個弧，表示輕蔑。

頭包綠紗巾的女人，從右側擠在他胸前，爬進痲臉站起後的空位，再扭頭對同伴得意地笑笑。在她眨閃的上眼皮裡，確知她聽到全部他和車掌的爭執。彷彿她在大嚷：如果這傢伙有錢買票，他就敢坐下，這位置就輪不到我了。

車掌聳起右肩，直愣愣看擋風玻璃上揮舞的雨刷，像要從那兒得到解決爭端的啓示。

「碰到你這無賴，算我倒楣！」車掌轉身大叫：「看樣子，你要我賠車錢！」

所有乘客的目光，像利刃似地刺向他，他覺得惴惴不安。她爲什麼要毀損他做人的尊嚴？她希望全體乘客趕走他？都像痲臉一樣唾棄他？他眞是老江眼中的可憐蟲，會受任何人支配、凌辱？

他以往受車掌的氣太多了。車停在站上，要他去買票；剛轉身便嗚嗚地駛走。有時他在車前方，搖著手迎向車子跑，到達車門，車卻像隻鴿子，搖搖擺擺摔下他在站旁發愣。爲什麼不能多等片刻？

車掌又把票簿和剪刀伸在他面前。「你說啊！到什麼地方？我幫你賠車錢。」

潘亞華急伸左手，猛拉下車鈴的細繩。鈴鈴的聲響代替回答。

銀笛跟著淒厲地尖叫。他突然覺得拉鈴已是太遲；如早點下車，就不會受到黃毛丫頭的侮辱了。而且，他這時已清晰地領悟，總經理根本沒有請他去吃飯。他不會打橋牌、下圍棋，更不會「十三張」……總經理怎會要他這個最起碼的下屬去陪客？他是受了老江的氣，幻想自己是總經理的嘉賓，在鋪著厚厚地毯的客廳中、在擺滿銀器的餐桌上，然後「紅中」、「白皮」一番。明天再向老江——向整個辦公室同事報導，就會把面子扳過來。

那是一個夢，白日夢，剎那間夢已醒了，他仍是一個窩窩囊囊的潘亞華。

最使他難過的是：這班車的行車路線，不走向總經理的公館。如果他眞要去總經理家，該回到總站，換乘另一路線的客運汽車。

汽車大模大樣站穩，車掌拉開車門，攔在他面前，用軋剪在車票上連連打洞，接著嘩啦一聲，一張滿是方格的長長車票，抓在手中，向他搖擺。

她說：「你看到吧？我算是碰到窮鬼，買冥紙錫箔燒給你，請你走。你該滿意了吧？」

他像是被巨浪擊沉在海底，口鼻窒息身體失去重量，連連翻滾。好不容易掙扎著浮出水面，仍有一陣夢樣的朦朧。

「拍！」急伸右手，猛地摑她一記耳光。清脆的響聲，使他清醒、抖顫。

他左手伸進夾克插袋，抓出那張藍鈔票，向她臉上摔去。跳出車門，才聽到車廂裡有嘈雜的喊聲：「打！打！打！」他無法看到車廂中人們的表情，不知道那許多憤怒的吼聲，是乘客要打他，還是認為車掌應該挨打？

潘亞華佇立在路旁，以為車掌會下車來拖住他，和他理論、爭吵、詈罵。

他內心平靜地等候著，讓雨絲纏繞著頭頸。

沒有。車門裡滾出來的是那張藍票子。接著便是銀笛聲、關門聲、汽車內喧譁的笑聲，車輪踏著水淋淋的路面滑走了。

彎腰抓起皺成一團的鈔票，雙手扯平。他不明白：是車掌沒有看到它，被關門時擠出？還是車掌表示對他的輕蔑，才把它摔出？

凝望著漸漸遠去的車身，他才覺得摑車掌一記耳光，是學痲臉的舉動。可是，眞正該打的：是老江還是他自己呢？

那張藍色鈔票，被他撕成若干小碎塊，拋在半空，隨雨絲飄舞了一會兒，便僵直地散亂地躺在泥濘的路面，顯得寂寞而又蒼涼。

失敗的人

談話聲、酒令聲、杯盤碗筷撞擊聲……塞滿整個大廳。嘻笑鬧嚷，加上菜餚的熱氣，烈酒蒸發的汗臭，薰得胡太太的腦袋，像被繩索縛緊似地難受。

大廳裡擺了兩桌酒席，但坐的全是男賓，僅有她這位女客，坐在女主人身旁。

女主人對她說：「妳吃菜啊！老是呆著幹麼？」

她說：「我吃得很多了，吃不下。」

吃不下是眞的；但吃得很多卻是假的。從酒席開始到現在，她很少動筷子，她不想吃，甚至連參加這宴會也沒有興趣。這是她丈夫慫恿她來的。丈夫說：「妳不希望我有前途，有事業，飛黃騰達？」

「當然希望你一天比一天好，」她不高興地說：「你好了，我也沾光。」

「那麼，妳就該和我一道去吃飯。」丈夫逼緊一步說。「這可是我頂頭上司請客，指定要我們夫婦參加，我怎麼能單獨前往？」

「可是，可是——」她不想說下去，但猶豫了一下，還是賭氣的說，「我不願意見阿珠，不要看阿珠那副小人得志的面孔。你要見她，你就去吧！」

丈夫嘻笑地把頭伸在她胸前，眼睛斜視她：「何必那麼認眞？我們只是演戲嘛！戲演完了，我們就回來——」

她見丈夫眞像演戲。丈夫把一隻雞腿用筷子絞下，送往男主人面前；又將另一隻雞腿撕下，送在女主人的盤子裡，說：「這隻腿很肥，應該敬處長夫人！」

她覺得噁心得要吐。什麼夫人嘛！明明是阿珠，半年前還是她家的女傭。現在丈夫便「夫人長」、「夫人短」的不離口。即使再美的佳餚，都無法下嚥。就是演戲，也該演得含蓄些。動作過火，就要使觀衆起反感，丈夫爲什麼不明白這一點？難道眞要她向大家說明阿珠的底細。

阿珠說：「我吃不下，還是轉敬胡太太吧！」阿珠說著把雞腿夾在她的面前。

她愣了一下，想把雞腿推回，但已來不及了。肥肥的雞腿，躺在盤子裡，確具有誘惑食慾的力量；但她忍耐著不去動它。因爲她不想吃阿珠施捨的食物，阿珠究竟是個什麼東西呢？不過是個流浪的下賤女人。

這不是糟蹋阿珠，事實的確如此。丈夫帶她回家時，她才十五歲，十五歲的年齡並不大，可是她卻和一個三十五歲的男人，在一起流浪。

她問：「妳怎會認識那個男人的？」

阿珠說：「有一天，我帶著弟弟在火車站玩，天晚了，沒有地方住，沒有地方吃，就認識了他。」

「他供給妳吃和住？」

「是的，他還買衣服給我穿。我身上穿的毛衣還是他買的。」

那是件劣質的粉紅色毛衣，穿在她身上又短又髒；但這還是她身上最值錢的東西。看阿珠說話時那種高興的樣子，像不知道她曾付出了多少代價。

「那人待妳很好嗎？」

「還不錯。」阿珠想了想：「只是有時候要『欺負』我，都被我打退了。」

「他『欺負』妳的時候，妳弟弟也在旁邊？」

「是的，我弟弟嚇得哭起來。有時候弟弟也幫助我打他。」

「妳弟弟現在到哪兒去了？」

「我爸爸帶回家了。」

什麼？阿珠還有爸爸，真使她猛吃一驚。有家，有爸爸，還要出來流浪？後來慢慢才知道：她媽媽出走了，爸爸不好好地維持那個家，所以她才和弟弟出外混吃混住。丈夫就是怕她再流浪，答應把她收留下來。

收留下來，洗碗、拖地、抹玻璃窗。這是丈夫的好意：減輕她的工作負擔，她怎好拒絕？

一下子，丈夫就嫌阿珠又笨又懶了。洗過的碗，油漬黏手；玻璃窗上的汙垢積在四周，丈夫整日嘴裡喊：「阿珠倒茶」，「阿珠買菸」，「阿珠——」如果沒有人呼喚她，她就躲在角落裡，偷偷地看連環圖畫，讀武俠小說。阿珠讀過書，認識不少字，初中念了二年，才到外面撒野的。

儘管念了一年初中，但叫她寄航空信時，她會把二張郵票重疊在一起，貼在信封上。因「郵資不足」，信被退了回來。

笨和懶還不是最使她傷腦筋的事。一天晚上，丈夫因事遲歸，晚飯吃完了，要重做吃的東西。拿五十塊錢叫阿珠上街去買肉和麵。

三十分鐘過去了，不見阿珠回來。一小時，二小時……直到天亮，還沒有阿珠的影子。

當時她和丈夫又焦急、又擔憂。三天以後，才知道她是因爲有了足夠的路費，又去和那個「欺侮」她的男人，一起流浪去了。直到警伯把那個「非禮」未成年女子的男人送進監獄，她才畏畏葸葸地鑽進大門。

可是，今天阿珠不同了。坐在酒席上，笑聲爽朗，談話聲響徹整個大廳。

阿珠說：「過年眞不好，天天有人請客。昨天是李廠長請，前天在董事長家，明天是哪一家？」

阿珠最後一句話是歪著頭問處長的，像是故意要處長證實她所說的。處長說：「明天葛經理請吃晚飯。」

「你們看，這怎麼得了啊？」阿珠得意地笑著：「天天是大魚大肉、山珍海味，油膩吃多了，體重又要增加了。」

胡先生接著說：「夫人發福一點，就顯得福相；夫人未來的福氣可大得很哩！」

阿珠沒有理胡先生的話，轉過臉問胡太太：「我比以前胖些了？」

「比以前豐滿些。」胡太太說：「比以前更漂亮了。」

這還用問。以前剛來他們家時，她身上只有幾根細骨頭，走在風地裡，像隨時會被風捲走。吃了三個月飽飯，立刻變了，變得使她不敢相信那就是流浪的阿珠。現在如果她將阿珠的流浪經過說出來，在座的客人，一定很想聽。聽完了怎麼樣？大家會當面同情她，背後到處傳播嗎？那麼處長夫人，就不會神氣活現，擺出臭架子說大話了。

處長夫人說：「我每天注意節食，吃減肥的藥。眞嚇死我了，體重還是一天天增加。妳用什麼方法，使身體這樣苗條的？」

她說：「少吃，少睡，多運動。」

「可是我做不到啊！」處長夫人笑著說：「我沒有妳那樣的好命哪！」

胡太太感到眼前的杯盤碗碟籤盪，在座各人的面龐模糊。這是哪兒來的話，阿珠現在當著這麼多人面前諷刺她？以前她的確說過阿珠，沒有她這樣好的命；誰會想到阿珠爬到她的頭上去，做起她丈夫上司的太太。看起來阿珠的命比她還要強，這時候再說這樣的話有什麼意思。阿珠逼著她翻過去的舊帳，她眞要不客氣了。

翻出舊帳，大家面子都不好看。當然她丈夫和處長都下不了台。處長丟臉，客人一定都很高興；她丈夫出醜，自己也不光榮——她到現在還不明白：這件事怪阿珠，還是怪她丈夫？

她一向沒有懷疑丈夫的行爲，尤其在丈夫那樣厭惡阿珠的情形下，更沒有想到丈夫和阿珠會做出什麼越軌的行為。她還是偶然發現，阿珠在丈夫的書房裡，嘻嘻哈哈笑鬧響成一片。當她趕去時，阿珠已紅著臉從房中走出。

從此以後，她注意阿珠的行動，才發覺丈夫已很久不說阿珠的壞話，也不大聲叫嚷「阿珠長」、「阿珠短」了。有時她低頭看書或是縫紉、編織，突地抬起頭，會見到丈夫和阿珠的目光相對，臉上還浮有笑意，像是在一剎那之間，他們已曾作過會心的微笑。

坐臥不寧的防範，感到很痛苦。她不知道自己防範些什麼？也不知道待在家中的小天地裡防範，會收到怎樣的效果？有一種不安的預兆，慢慢侵襲著她。那期待而又恐懼的一天，終於來臨了。

丈夫說：「妳想要一個孩子嗎？」

結婚十二年，沒有生孩子，這是她想起來就心痛的事。這也是她感到內疚的事；因為在生理上，她缺乏生殖的能力。她想了一想：「當然想要，可是我們辦不到。」

「辦法已經有了，」丈夫說，「就怕妳不同意。」

她心尖哆嗦，忽然覺得和丈夫的鬥爭，沒有開始，已經被戰敗了。聽丈夫說話冷靜和沉著的語氣，知道丈夫已策劃很久，而且決定該做的步驟了。

「你先說說看，」她說，「我要聽聽你的辦法。」

辦法眞妙。他要阿珠幫他們生個孩子。當然那是假話。阿珠又年輕，又漂亮，成天瘋瘋癲癲，丈夫的野心不小；那麼多年沒有生孩子，丈夫從來沒說過半句閒話。阿珠進了門，吃他們家的飯長大了。丈夫的心也跟著阿珠的發育成熟，一天天變壞、變歪。爲什麼在阿珠進門之前，沒有想到這一點，不然就不讓這低賤的女人進門了。

不答應。不論丈夫怎麼說，就是不答應，家裡有她就不能有阿珠，有阿珠她就要離開家。她問阿珠：「妳眞想趕走我做胡太太？」

阿珠說：「我怎麼敢呢？都是先生『欺侮』我啊！」

「妳不要把做壞事的責任，都推到別人身上。」她當時曾想猛抽阿珠一記耳光，但爲了保持風度，還是忍住了。「現在我告訴妳，妳沒有這樣好的命，妳不相信，還是拿面鏡子照照自己的臉吧！」

阿珠本來沒有這樣好命，是她一手促成這個處長夫人。阿珠該感謝她的恩情，怎會在這麼多賓客面前，說這樣沒有意思的話。

胡太太夾起雞腿咬了一口，咀嚼地說：「韓太太一直說妳的命比我的命好，韓太太還和我談起妳以前的生活——」

處長夫人猛吃一驚，詫異地岔開問：「妳幾時見過韓太太？」

她完全是說謊，唯有提起韓太太，才會使處長夫人想到過去的歷史，不敢在她面前說大話、擺臭架子。丈夫對阿珠的態度明朗化以後，爲了要擺脫阿珠這眼中釘，她就把阿珠送到韓太太家。韓太太是她好友，當然要幫她解決困難。她丈夫不死心，阿珠也不肯走；可是韓太太眞有一套，連哄帶嚇唬，阿珠就乖乖地聽話了。

爲什麼不聽話？一個處長夫人到哪兒去找？有錢、有地位，還能洗去以往的恥辱。坐在酒席上，受人們的逢迎、孝敬。大家都向她敬酒，說恭維話。

她丈夫雙手擎起酒杯，筆直的站起，再彎腰鞠躬，說：「這杯酒敬處長和夫人。」

處長右手擎起酒杯，垂著眼皮說：「隨意。」然後把酒杯邊緣在唇邊摩擦一下便放在桌上。

夫人扭著脖頸說：「我不會喝。」

丈夫說：「夫人剛才還喝的哩！」

「我不能喝了，」夫人拍著胸脯說：「我醉了。」

「夫人是海量，再喝一杯不要緊。」

夫人眼睛沒有理胡先生，只是冷冷地說：「不行，不行。」好，僵住了。她感到很氣憤。阿珠不該當著這麼多的賓客，用如此態度對待她丈夫。不會喝，不能喝，隨便呷一口酒，還不是應付過去了。難道阿珠是故意讓原來的主人丟臉？

丈夫失去面子，她臉上還有什麼光彩。男人眞賤，敬你的上司就夠了，還要敬什麼鬼夫人。她眞看不慣這一套，現在阿珠是處長夫人，你還想打什麼壞主意。別作夢吧！現在瞧他那尷尬的樣子，端著酒杯，坐下不對，站著也不對。如果阿珠還記得以前的老交情——那是收留她，給她豐衣足食，還讓她有跨上夫人寶座的機會——就該捨命喝下這杯苦酒。

丈夫拉她的右膀臂，說：「我們夫婦倆一起敬夫人。」

突地她覺得大廳中煙霧迷濛，人影模糊，吵嚷聲在耳中雷鳴。丈夫在低賤的阿珠面前丟臉已夠了，還要拉她一起來出醜？她輕視阿珠，爲什麼還要向阿珠敬酒。丈夫想用眼色、動作、表情，去撩撥阿珠那齷齪的心；她爲什麼要降低身分，在阿珠面前獻媚？

可是，現在已太遲了。丈夫把話說出口，全桌的人都在注視她。夫婦是一體，她能在半途中拆丈夫的台？最初她決心不參加這宴會；但丈夫認爲這應酬關係他前途很大。

副處長的缺空出來了，只有處長有權向總經理推薦。處長夫人不在處長面前提一提，恐怕他就不會被提名。如果她缺席了，處長夫人以為她仍記著骯髒的舊帳，不但不會在處長面前說他好話，還要破壞一番，前途不是就完了。

不管丈夫的話是真是假，該毫無保留的支持丈夫。她抓起酒杯突地站了起來，放開喉嚨大聲說：「阿珠！妳一定要陪我們喝一杯！」

阿珠像猛吃一驚，不，在座的客人，都大吃一驚。誰敢相信在這時候、在這地方，有人會叫處長夫人的小名。每個人巴結奉承還來不及；喊夫人不雅的小名，那不是等於侮辱夫人。可是誰會知道阿珠和他們家的淵源和糾葛？

這句話效果不小，阿珠紅著臉摸索著桌沿哆嗦地站起。她感到很得意，眼看著夫人從高高的寶座，跌落在塵埃，確是一件很開心的事，現在夫人不能踞在頂層用睥睨的目光傲視大家了。

「眞的，胡太太，我不能喝。」阿珠搖著顫抖的雙手結巴地說。「要處長代我喝一杯——」

「不行，不行。」她大聲喊，「不能代，不能代。」

好吧！阿珠要拿處長的「帽子」壓人，她可不在乎。她丈夫希望處長提拔上升，而她只是一個家庭主婦，對她來說處長算什麼。

阿珠的面龐，由紅轉白再轉青，像嫌她逼人太甚。這怪誰呢！不該用這種態度對待收留妳的主人和主婦的。儘管男主人錯待了妳，妳也不該在這時候，實施報復的手段。現在只是喊了妳一句「阿珠」，妳已經感到受不了；誰知道以後還會講些什麼。人在生氣時講的話，是很難受理智控制的。

「不喝就是不喝。」阿珠用力邁坐在椅上，尖著嘴生氣地說：「誰勸我都是一樣。」

現在輪到胡太太的面孔發青了。這個面子丟得太大，簡直使她和她的丈夫，無法在這酒席上再待下去。站在桌旁不行，坐下更難堪，難道眞要藉此機會，摔下酒杯，昂首挺胸走出大廳。這樣做，她當然沒有問題；但她丈夫是處長的部屬，敢用這樣態度對待上司？

爲了扳回面子，她得另想辦法。

「夫人的酒喝不喝沒有關係。」她揚起聲調，使整個大廳的賓客，都聽到她的尖嗓子。她說：「我要告訴大家，關於處長夫人的最大『祕密』——」

她停頓著沒有立刻說下去，把「祕密」二字凝結在半空。這眞有料想不到的效果，全部客人都停下言笑和動作，把視線集中在她的臉上、唇邊——人人都喜歡聽不讓人知道的事情；尤其是年齡大、地位高的處長，有這樣一個年輕漂亮的夫人；夫人定有不少祕密。

最焦急的是她丈夫。他正蹙著額角，掃動眉毛，阻止她說下去。唯有丈夫知道她將要說什麼；說出以後，對誰最不利。

處長歪著頭，愣愣地看著她，像不明白她究竟要說些什麼？爲什麼要在這時候提出祕密問題，無論如何，處長絕對想不到阿珠和她夫婦的微妙關係；當然更不會明白，阿珠在不該做壞事的時候，已經是非常壞的女孩了。處長聽了以後，還能和阿珠繼續維持婚姻關係？

現在她折回目光擒住阿珠，阿珠雙手放在桌沿互相搓絞；但兩隻眼睛可憐巴巴地看著她，像躺在砧板上等待宰割的一尾小魚。

她聽到自己內心的笑聲。這是一個極大的勝利，戰勝了處長、阿珠、她的丈夫，以及全體的賓客，而她的戰利品卻是阿珠流浪在街頭，不能再在她面前受人恭敬、奉承和阿諛。

那是她對阿珠的報復，也是妒忌。她如說出這祕密，處長憤怒，阿珠痛哭流涕；而她丈夫卻拉著她膀臂向外拖；一面要向大家解釋說：「非常抱歉，她是喝醉了。」

她會猛摑丈夫一記耳光，指他是胡說！那樣秩序一定會大亂，哭啊！鬧嚷啊！吱吱喳喳一片。明天整個公司的人員，都在走廊上、廁所旁以及各個陰暗角落交換祕密傳聞。事實已被扭曲，人人都說她和阿珠爭風吃醋，變成多角關係。丈夫的臉丟了，下不了台，又被撤職，她將和阿珠一樣流落街頭——當然，最糟的還是她的名字和阿珠連在一起，被人鬼祟的指指戳戳。

呸！阿珠是個什麼東西？她舉起酒杯，向大家晃了一晃揚聲說：「夫人喝酒不會醉，你們誰知道這祕密？」

說完這句話，彷彿聽到阿珠深深地嘆氣。不，她丈夫和處長也在嘆氣。一場看不見的風暴過去了，客人隨即譁笑起來，好像都很失望，能不能喝酒的祕密，誰願意聽，有多少價值？她眞願意爲了滿足人們的好奇心，把埋葬在泥土裡的骯髒事實，再挖掘出來暴露在群衆面前？

處長端起酒杯說：「現在我陪太太回敬，隨意！」

她丈夫連忙熱烈地響應：「隨意，隨意。」

處長夫人額角的汗珠，已滾落在桌面上，也端起酒杯說：「隨意。」

「『隨意』不行！」她把酒杯重重地擱在桌上憤憤地說：「我失陪了，頭有點痛，我要先走一步。」

她不讓丈夫有考慮或是說話的機會，掉轉身軀拿起茶几上的皮包，就向門口衝去。這舉動很意外。在座的賓客包括她丈夫在內，都在臉上表現出詫異的神情。這不用說，她自己也感到很意外。

她走出門口，聽見丈夫說：「處長、夫人，對不起。她喝醉了。各位對不起，少陪，再見——」隨即爆起一陣笑聲，把丈夫的話聲遮沒。接著又是酒令聲、杯盤碗筷撞擊聲……

跨出門，她搖著頭問自己：「妳是失敗了？還是獲勝了？」

陰後晴

謝國森俯首弓腰，雙眼貼緊籬笆孔，背著月光窺視僵伏在院中的小屋。

屋子成L形。起坐間的門窗緊閉，隔著院子，他看不到屋裡的一切。但玻璃窗上鍍有赭紅色燈光，嗅得出有人走動的氣息。

那是他的家。屋裡有他的太太和孩子，他已兩年沒有看到這小屋了。灰濛濛的月光，輕敷在焦紅的屋瓦上，有異常親近的感覺。如果他是一隻麻雀，就振翅飛近窗前，向屋內探望。可惜他只能乾瞪著眼兒，站在籬笆外，愣愣地看著自己的家。

他不願意敲門。提起腳步，踏著嶙峋的磚石瓦屑，悄悄摸到靠近巷底的那面籬笆。這兒僻靜，又對著臥房的窗口。他失望了，淺藍的布幔，只映出窗中柔嫩的燈光；房裡有些什麼人？人們在做什麼事？他都無法知道。

謝國森雙手抓住腐朽的竹片，慢慢向兩邊拉扯，籬笆有一個菱形大缺口。

動作停止。他突地覺得自己像個小偷，正鑽籬笆準備偷東西。

他雖不是小偷，卻是個逃犯，是從獄中逃出的囚犯，當然不能光明正大地出入。

夜很靜，遠處有嘟嘟的汽車喇叭聲。車輛轟隆隆輾壓在馬路上，他的脈搏和神經，像也跟著顫動。

不是怕，他對自己說。只是顯得荒唐而又滑稽。離家那麼久，從獄中回來，不走大門，卻偷偷地鑽籬笆。

雙手又開始拉扯，竹片吱吱響。缺口已能鑽進他的頭顱。從幾何圖形的洞孔中，見淡淡的半圓月，像塊撕破了的薄餅，在鱗鱗的雲片間鑽來鑽去。

他自己就這樣鑽進院子？

放手，伸直腰幹。他要跑到前面，敲門進去。儘管他是個計程車司機，胡芝蘭在表面上仍非常尊敬他這個丈夫。做這樣偷偷摸摸的鬼祟行爲，豈不是喪失了自尊。

旋轉身軀，走了幾步，他又站住。冒險從獄中逃出，就是想趁芝蘭不備的當兒，看看她在家中，背著丈夫是守本分，還是不守婦道？

明天是他法定出獄的日子，芝蘭絕不會料到他會提前回家。如果她是個不規矩的壞女人，今晚就是她現原形的時刻。

她在這兩年當中，表現得很好。每個禮拜按時探監，還帶些水果和他愛吃的「獅子頭」給他。她說她非常想念他，很希望日子迅速地過去，刑期滿了，他們能很快地團聚。強華也慢慢地長大了。她不希望兒子知道父親坐牢，所以不帶強華來監獄。如果他回家了，就可以看到又高又結實的兒子。

謝國森無法確定芝蘭的話是眞，是假？但獄中的伙伴老楊，再三告訴他：是假話，道道地地的假話。

她爲什麼要說假話騙我？

她是女人，漂亮的女人。我聞都聞得出：她背著你，不會做好事。

我們是自由戀愛結婚的，她愛我——

老楊齜著黃牙，連連搖頭。靠不住，靠不住。如果你不信，找個機會，偷回家瞧瞧吧！

現在眞的找到機會了。籬笆已拉了一個洞，怎能拋棄？

謝國森扭轉軀體，又走向拉破的籬笆旁，兩手猛力撕扯。竹片被風雨侵蝕得脆弱而無彈性，已有兩根被折斷，發出噼啪的破裂聲。

他停止動作，諦聽四周的環境，沒有任何聲響。遠處有鈴鐺翻滾的叫賣聲，和收音機播放的搖滾樂聲。

連拉帶拔，籬笆已能讓他彎腰爬進。

進了院子，他嗅到熟悉的泥土味：霉爛而潮溼。

站起身，把黏糊糊的雙手，在灰卡其褲大腿旁抹了抹。心田升起一股羞愧的感覺。兩年期間，家庭中生活的擔子，已壓得芝蘭透不過氣。她告訴他，她幫人家洗衣服，做零工，撿煤渣，編籐籃……維持她和強華的生活。而他這個做丈夫的，卻又對她不信任。如果她打開門，看到他這樣鑽狗洞似地爬回家，將是多麼的難過。

老楊教他不要相信女人的話。他在獄中，一定會有很多男人給她錢用，她長得這樣漂亮，會去做苦工？

他不願聽老楊的胡說八道；但日子久了，不得不聽。老楊是風月場中的老手。他就是犯了妨害家庭的罪，才被關進監獄的。老楊常對獄友訴說他以往的風流韻事。在營造廠裡當水泥工，住在臨時的廠棚裡，建築房屋的老闆娘，要老楊住進她家中。老楊原來和一個踏三輪車的朋友住在一起。朋友起早出去踏車子，太太就會爬到老楊的牀上。

老楊敘述故事，兩手揮舞，唾沫星子像澆花的噴水壺向四方濺迸。有時還描寫許多細節，使聽的那許多獄友又羨慕，又妒忌。從他的言語中，聽出許多女人都喜歡他；而他在女人面前，像是天生的英雄豪傑，處處受到崇拜。

謝國森討厭老楊把他作爲聊天的對象。可是老楊總喜歡在故事結束時，把又硬又厚的手掌，重重地拍在他肩上，嘻嘻哈哈。女人就是賤。看吧！你到了家，就知道我的話，一點兒不假。

腦海裡經常翻滾著老楊那有稜有角的話；甚至於在夢中也會看到老楊表演的醜態。最難過的是想到芝蘭躺在老楊懷裡——當然不是老楊。老楊進獄比他遲，刑期比他長，仍然關在監獄——他就要發狂發瘋。

好了，到了自己的家。院角裡有並排擺著的三隻雞籠。籠裡有母雞的嘓嘓聲。油加利樹也長高了，屋角還放著一堆煤渣……這些都是芝蘭的成績。

他躡著腳步，走到起坐間的窗旁。身體掩在牆後，左眼靠近窗玻璃向內張望。天花板下的六十燭光燈泡閃閃發光，牆角的收音機在嘈嘈嚷嚷報告新聞。長方桌，圓背籐椅，絳紫色熱水瓶……一切都和他在家時相同。血液湍飛，心臟跳躍，芝蘭動人的笑容，豐滿的肉體，又白又嫩的肌膚，迅速地在想像中出現又消逝。

她也仍像以往一樣：規規矩矩地生活？

房內有呢喃的話語聲。是芝蘭嗎？她和誰說話？是誰在房中？收音機的響聲太大，他聽不到房內有沒有男聲。以前他教過芝蘭：不要把收音機開得太響，去擾亂別人的安寧。芝蘭已忘了他的話？還是故意用鬧嚷喧譁遮隔房間談話的聲音？

胸中一股憤怒的浪潮澎湃地衝擊他的肋骨。謝國森箭步跳向門旁，抓住滑溜溜的圓柄把手，反而遲疑起來。如果家中真有一個陌生的男人？

不信任芝蘭，並不是完全受老楊的影響。他駕著計程車在馬路上兜圈子，招攬客人。生意清淡，頭痛，身體不舒服，便提前收班。

可是，門被反鎖了。他沒帶鑰匙，不能進門，只能在籬笆外等待。

焦急，煩躁。芝蘭怎不預先告訴他便離開家？是偶然如此，還是經常背著他到外面去？買東西？赴約會？他一直沒有懷疑她的忠實，想不到他是徹底的被出賣了。路燈光輝黯淡，路面像是鋪了一陣厚厚的細沙，他的腳踝、膝蓋將慢慢沉陷下去。

憤怒地踢著突起的一個個石子，像是可以減輕自己的羞辱。繞著圈子等待、再等待。來了，芝蘭單獨地輕飄飄來了。

她臉上一副不在乎的神氣，慢慢把鑰匙透進鎖孔。

強華呢？

在家裡睡覺。

把他鎖在家裡，妳放心？

我只出去一會兒工夫，買點止咳藥。你不知道強華咳嗽？

她擎起藥包搖了搖，不由得他不相信。可是藥房就在橫過馬路的街角上，他在門外等了這麼久，來往三趟的時間都夠了。他不能把時間計算得那樣精確。芝蘭可能遇見熟人，多談了幾句話；或是那家藥房沒有這種止咳藥，她跑了更遠的地方。不能為這點小事和太太吵架，傷感情。忍住算了。

第二天，他駕著汽車，在住家附近的街道上兜生意。他時時刻刻想找個機會，回去看看芝蘭。但總覺得小題大作，恐怕得不到芝蘭的諒解。在附近兜圈子，看到芝蘭的機會總大得多吧！

什麼，那巷口女人的背影，不很像芝蘭？可是，他車上載有三個年輕的客人，怎能掉轉車頭，去察看背影像芝蘭的女人？他自己覺得有點神經兮兮的了。腦中成天都有芝蘭的形態。馬路上行走的女人，穿窄長褲的，梳高髮髻的，披紅毛衣的都有點像芝蘭。那一定是自己的幻覺，不能當眞。把客人送到目的地，再趕回去，看看芝蘭是不是在家，一定來得及。

車輪在光滑的路面上輕顫，氣流呼呼地從角窗塞進，客人已下車。他抓著方向盤，踩足油門，向回家的路上急駛。

前面是一個公共汽車站。一輛大客車停在站旁，等候客人上下車。他的車頭和客車的車頭平行了，才看到小巷裡衝出一輛自行車，頂在路前。煞車，緊急煞車！芝蘭的影子晃了晃，自行車晃了晃，車上的人晃了晃，頭被車輪壓傷，腦蓋骨破裂。沒有到達醫院就斷了氣。偵查、起訴、審判；過失致人於死，有期徒刑二年。

出了車禍，一直沒有回家。也沒有問過芝蘭：那巷口的背影是不是她？爲什麼還要問？她不會承認，即使承認了，對了解芝蘭能有多大幫助？她會說是去買菜，是到裁縫店裡做衣服，或是燙頭髮——

圓柄把手在手心裡挺立著，無法旋動，門是在屋內鎖好的。

他舉起手掌，敲力拍門，門板震得吱吱叫。如果眞有一個陌生男人出現，他要打倒他，捆起他——連芝蘭捆在一道。他獨自一人，能打倒他們兩個？有老楊同來就好了。

想到老楊，就噁心得要嘔吐。老楊對男男女女的事，喜歡繪影繪聲，添油加醋，使所講的話，比實際狀況生動得多。假使老楊眼見芝蘭有越軌的行爲，全世界的人都會知道他是一個丟臉的丈夫。

不，他對自己說。今晚他是回來證實芝蘭是不是清白的。如果芝蘭是老楊口中所說的那種女人，他就用不著回家了。

「誰啊——？」

謝國森聽出那是芝蘭的嫩嗓子，在房間裡高聲叫嚷，但仍猛力拍門。他希望用這連續不斷的強烈敲門聲，發洩自己的氣憤，加強自己的聲勢，而不致顯得太孤單。

芝蘭的拖板鞋聲已走近門旁，接連地吼叫：「誰？誰？誰敲門？」彷彿對敲門者提出報復性的抗議。

他短而有力地說：「我！」

「你是誰？」

謝國森再也控制不住自己的怒火了，芝蘭竟會聽不出他的聲音。他們雖兩年沒有生活在一起，但每週仍見面一次，怎會辨認不出丈夫的腔調。是故意裝糊塗？是心虛膽怯被意外的敲門聲嚇慌了？

「我是國森，妳聽不出？」

門被拉開了，芝蘭僵立在門旁。表情變化萬千，睫毛連連眨動。他看出驚訝的成分比高興的成分要大得多。

「你……你怎麼今兒晚……晚上回來？」

妳嚇壞了是不是？妳一切都沒有準備是不是？房裡的男人來不及躲藏是不是？沒有進監牢以前，被妳瞞過，受了兩年欺騙。今晚是妳現狐狸尾巴的時候，妳做謝國森妻子的末日到了。

可是，他什麼話都沒有說。收音機仍在絮絮不休。他不予理會，推開她便向房內衝去。

碰到橫在路口的圓背籐椅，他愣了一下。這小屋沒有後門，他大可以和芝蘭慢慢寒暄、溫存一番，然後藉機會進房察看，就比較有人情味。芝蘭眞正地茹苦含辛在家中獨力奮鬥，而他這樣莽撞地聲勢洶洶，結果一無所獲，不是撕裂了芝蘭的自尊心？

現在已管不了那麼多，他急於打開謎底，要看看房中到底是誰？

踏進房門，心往下一沉。房間裡非常凌亂：壁櫥敞開，箱蓋掀起。牀底沒有人，只有強華橫躺在雜亂的一堆衣服旁，兩手揮舞。

進入腦中的第一個想法是：捲逃。接著他就否定了。要捲逃，昨天或是更早的時間就去了，何必等到現在？

第二個想法是：掩飾或藏匿男人。

目光敏銳地在房間搜索。能看到的地方沒有人影，樟木箱和壁櫥裡藏不住人，唯有木板牀下，是嫌疑最大的地方。

謝國森低下頭，還沒彎折腰幹，芝蘭已踢踢踏踏跳進房間。離家那麼久，沒有任何根據，能當著太太的面，檢查牀下的漢子？

「妳……妳搬出這些東西，好亂，幹麼？」他慌急地指著雜亂的衣物，掩飾自己的心虛。

「我收拾好，準備明天——」芝蘭勒住話頭，眼珠骨碌碌轉動。「想不到你今天晚上——今兒你怎麼能回來？」

「我是溜回來的。」他的目光仍警戒在牀頭。恐怕在疏忽中，被那窺伺在牀底下的男人溜掉。

「溜回來的！」芝蘭驚叫著抓住丈夫的右膀臂。「爲什麼？還有一夜，你就不能忍了？」

怎麼說？能把對她的猜疑告訴她？因爲妳年輕、漂亮，討男人喜歡，我怕妳不忠於我，背棄了我。所以急著回來看妳——不安，不能對她這樣說。

「我想到妳，想到妳和孩子在家裡，」他結巴地說：「一時一刻都不能忍受，不要說一夜了。」

「可是，你已過了兩年，還在乎一夜。你這樣偷溜回來，違法嗎？」

謝國森的心尖猛地一震。他沒有想到這一點——即或是想到違法，也顧不了那麼多。

吃過午飯，老楊拉住他。

明天出獄了，你高興不高興？

你看呢？

我說你不會高興，應該痛苦。

胡說！天下哪有不喜歡享受自由的人。你願意坐一輩子監牢？

老楊邪惡地笑，黃牙更髒更難看：獲得自由，應該高興；丟掉老婆，你難道不傷心？

他眞想摑老楊一記耳光，警告他的無禮。芝蘭說過，要在出獄那一天來接他，還帶強華一道來。出獄以後，讓他去理髮，並且還準備一點錢，在一個飯店裡爲他「洗塵」。老楊怎麼可以說他是丟掉老婆？

他憤怒地揮著手臂：如果我太太要拋棄我，她老早就走了，何必虛情假意？對，你說得不錯。你可能沒有失去你太太的身體；可是你已失去了她的內心，她的靈魂。你如不信，可以今晚回家去看看。

回家就回家吧！平時在監獄裡的印刷工場檢字，就享有很大自由。監牢裡上上下下全知道他明天出去，自由比平時大得多。大家信任他，慶賀他，不以為他會越獄，但他竟掩掩藏藏地回到家。

「當然違法。」他懊喪地說。「我提前回來，法律一定不會原諒我。」

「你為什麼不能多等一天？你總是這樣急急忙忙。你只顧到自己，就沒有想到我和強華。」

太太沒有說完，便兩手捧著臉，抽抽噎噎哭泣。他不知道芝蘭傷心是眞還是假。如果把內心所想的告訴她，芝蘭定要大哭一場。

現在她可能是為了丈夫意外回家，使她沒有準備，而致失落些什麼；或是憐憫自己的處境和身世，認為自己嫁他是受了委屈。

她的母親、哥哥、嫂嫂都反對她嫁給一個汽車司機。認為謝國森一輩子沒有出息。可是，天下事怎能料定？他會自己購買一部、兩部、三部……汽車，做計程車行的老闆；看到適合自己才能的好職業，他也可以改行，爲什麼說是一輩子沒有出息。

芝蘭和他結婚了。她的母親不認她這個女兒，不讓她回家，也不走進姓謝的大門。這時芝蘭想起母女情感的破裂，落得如此結局，才感到悲哀和淒涼？強華已爬下牀，抱住母親大腿。「媽媽，不要哭嘛！他是誰啊？」

媽媽右手摸著強華的頭頂，垂著淚說：「是爸爸，叫爸爸啊！」

強華扭轉頭看看爸爸，再看看媽媽，然後怯怯地喊：「爸爸！」

媽媽吸著鼻涕。「說啊！看到爸爸怎麼說？」

強華垂著眼皮像背書：「爸爸回家了，歡迎、歡迎。強華快樂，媽媽快樂，大家快樂！」

謝國森突地覺得心眼兒一軟，鼻腔酸溜溜，跨前一大步，蹲得和強華一般高，撫著孩子的頭頂問：

「誰教你的？」

「媽媽！」

他慢慢側轉頭，仰臉碰著芝蘭幽怨的目光，同時發現太太頭上滿是髮夾。芝蘭梳頭，整理箱籠，教強華說歡迎的話，都是爲了準備他明天「凱旋」歸來。

這時，只要低下頭，扭轉脖頸，便可以搜索牀下有沒有人藏匿了。

但他卻歉疚得沒有勇氣轉頭向牀下張望。

什麼？外面有敲門的聲音？

是收音機中的「效果」？當然不是。收音機正預報氣象，明天是「晴後陰」。

已有了新的證據，不須要檢查牀下了。他猛地跳起，瞪大眼睛問：「那是誰？」

「我怎麼知道？」芝蘭表情惶惑。「你是怎麼進來的？」

「我是——」丈夫頓了一下，覺得有點尷尬。幸虧他背著燈光，太太瞧不清他的臉色。「我是鑽籬笆進來的。」

「你爲什麼要鑽籬笆？」芝蘭逼著他問。「大家都準備『明天』歡迎你，你要這樣偷偷摸摸回家，爲什麼？你說啊！」

芝蘭的話聽不進，也不願回答。他心裡想的是：「這敲門的傢伙，在兩年當中，都是晚上來敲門的。」

謝國森有點恨老楊：老楊眞把芝蘭的本性看透了。

他厲聲地問：「每天晚上都有人來敲門？」

「你怎麼這樣說？」芝蘭的淚珠翻滾，抽噎聲加大。「你離家兩年，進門就欺侮我，侮辱我，我還有臉活下去？……」

現在不是鬥嘴、嘔氣的時候，他要追求眞實。

他命令她：「去開門！」

「你爲什麼不去開？」

「我要跟妳一道去！」

芝蘭躊躇了一下，迅速地翻轉身，衝向門外。謝國森緊跟在後面，有一種奇異的想法，希望立刻知道：這兩年來，代行他「夫」權的到底是怎樣的人？

可是，內心有類似抽搐的痛苦。他見到那個「奸夫」，應該採用什麼樣的態度：是裝作紳士風度？還是當面揍他兩拳？

對芝蘭，是打她罵她還是拋棄她？

外面又是一陣噼噼啪啪敲門聲。

芝蘭站起，注視門背大嚷：「是誰？」

他看到白花花的月影，舔著芝蘭幽黯的面龐。芝蘭仍故意裝作不知敲門的人是誰，確是很滑稽。在最後一秒鐘，還想欺騙他、隱瞞他。但打開門，她將怎樣爲自己辯白？

「是我。」門外是沙啞的男高音。

謝國森不自覺地捏緊拳頭，上前一步，掩在門後。

太太又問：「你是誰？」

「哈哈哈！我的聲音妳也聽不出了？我……我是高里長。」

丈夫輕噓了一口氣。高里長是他結婚時的介紹人，也是他和岳家爭執的調解人和仲裁人，當然不是他所想像的那種壞人，他感到有點失望。

他自己也攪不清楚，爲什麼會有失望的感覺？難道他希望芝蘭墮落，墮落得像老楊口中所說的那種女人？他在獄中曾夢見芝蘭被自己捆起，用鞭子抽打。他夢見芝蘭關在女監，他帶著強華去看她。芝蘭抱頭大聲痛哭，他還安慰她、勸解她。有時還在夢中見到芝蘭裸體躺在牀上……是受老楊胡說八道的影響？還是心理上某種報復作用、補償作用？

謝國森用右手的拇指和食指的指甲，緊緊地掐自己的左掌心。掌心的皮雖厚，還是很痛，又痠又麻。沒有放鬆，仍繼續掐著，掐著……

月影晃了晃，他一直很自卑。沒有錢，沒有地位，芝蘭的家庭反對他，輕視他，芝蘭會輕視他嗎？不知道。平時他的收入能維持家庭生活；他也會盡量裝成正人君子，處處防備芝蘭瞧不起他。進了監獄，他自信已失去被尊敬的資格；希望芝蘭能像老楊——

也如自己所料想的那樣低賤，那麼他就不被輕視，甚而至於他也可以昂頭瞧不起她。

因此，他提前一天越獄回家。

因此，他希望太太牀底下藏著男人。

因此，他以爲敲門的是芝蘭的情夫。

手掌快要被挖破了，痛徹心肺。他放開手，全身的汗珠塞在毛孔內，像一根根繡花針在鑽刺。

太太仍在門內遲疑著：「這麼晚了，您還有什麼指教？」

不對，門外有唧唧咕咕的談話聲，不像是高里長一個人；可是還有誰呢？

高里長開腔了：「我們來查戶口。」

謝國森打個冷顫，月亮滑進雲片，黑暗在閃爍。那是藉查戶口的名義來捉他，他就這樣乖乖地套上手銬？

腦中隨即躍出逃跑的念頭。

芝蘭上前抓住他，搖撼著他的膀臂低聲說：「你跑啊！還不快逃？」

他家中沒有後門，逃向何處？

腦神經似乎在爆裂。其中像有許多原子在跳躍、翻騰。

對了，他從自己拉開的籬笆鑽進來，也還可以從那洞口逃出去。洞口、巷口或是他家周圍，如有人把守怎麼辦？

最重要的是，芝蘭眼看著他像老鼠、像小偷那樣逃逸，以後還會尊敬他，不會輕視他？他將永遠無法在太太面前擡頭了。

謝國森堅定地說：「我不逃走，妳開門吧！」

芝蘭眨動眼皮，疑慮地看了他一會兒，才戰慄地伸手去開門。

他獨自踱回客廳，坐在門旁籐椅上，貪婪地巡視熟悉而又親切的桌椅和器具。

強華也走出房間，畏葸地看著爸爸。

他把強華抱在膝蓋上，低頭問：「爸爸回家，你喜歡嗎？」

「喜歡。」

「爸爸走了，你會想嗎？」

「爸爸不要走，我不要爸爸走。」

他還沒來得及回答，高里長已進來了。還有兩個穿制服的警員，像是同時擠進，突然之間，屋子變得又矮小又窄狹了。

高里長站在屋中，揚著手說：「他們說你回來，我不信。現在看，你真的回來了。」

謝國森低著頭，不敢面對高里長逼人的目光。他希望太太來打圓場。可是，她正忙著拿茶杯倒茶。

高里長大概有六十歲了吧，仍像當年爲他調解岳母家的糾紛一樣。「你說說看：爲什麼不能多等一夜？」

他囁嚅地說：「我急……急著想看太太和孩子……」

「你這叫糊塗。」里長拍響手掌說：「你這一急不要緊，勞動他們兩位警察先生不算。你明天還不能回家，辜負了你太太一番好意——」

芝蘭搶著問：「他爲什麼不能回家？」

「他又犯了罪！他現在是逃犯。」高里長又掉轉身面對著他。「你知道你太太是怎樣的一個人？你知道她是怎樣待你嗎？」

不知道。他昏了，一切都不知道。

高里長接著說：「在你出事的前一天，她哥哥逼著她離開你，你知道嗎？」

他明白了。他晚上提前收班，見芝蘭鎖了門；第二天又在巷口看到她的背影；原來她是在高里長家和哥哥談判。他爲什麼當時沒有想到這一點，芝蘭爲什麼不告訴他？

高里長又說：「你進了監牢，她哥哥不斷的威脅利誘，勸說芝蘭離開你，並替她找一個好丈夫，結果芝蘭沒有被說服。她媽媽、哥哥、嫂嫂，倒被芝蘭的忍耐和對環境的掙扎感動了。他們一家，明天要爲你『接風』——」

他霍地跳起搶著說：「你說的話是眞的？」

「我爲什麼要騙你？你問芝蘭嘛！」

芝蘭又啼泣地說：「我沒有預先告訴你；想使你驚喜一下，想不到你……」抽噎聲已把話聲隔斷，說不下去了。

謝國森雙手向抓著手銬的警員前面一伸，低聲地說：「我們走吧。」

非巧合

她不要進去的；但還是推開玻璃門走了進去。丈夫告訴她，下班時間，在這咖啡室等她。她在走廊外面躊躇了一會兒，惹起不少路人注視，才硬著心腸推門。

比起半年多以前，這兒沒有改變。音樂、座位、燈光都是老樣子——壁燈已換成橢圓形，光線仍是迷迷濛濛。

大概是站在路口猶豫太久了，女侍在她身旁側轉頭問：「這位置好嗎？」

不好。她不願接受女侍的指揮或暗示，轉換角度向那個角落走去。踏了兩步，便感到有點失望。她常坐的地方，有個男人伏在那兒睡覺，只有另選座位了。

另外一個角落空著，便向那兒走去。高跟鞋的聲音太響了吧。在睡覺的男人座位旁擦過時，她眼角察覺到他挪動了一下，像是被她的腳步聲驚醒了。當然，用不著歉疚。

這不是睡覺的時候，也不是睡覺的地方，她不負有任何責任。

坐定後，女侍背著兩手，用不耐煩的聲調問：「吃什麼？」

她低下頭，壓著菜牌的玻璃板反光，一片模糊，什麼都沒看到。

她說：「一杯葡萄汁。」

女侍走了她又感到後悔。她該點些能充飢的東西，例如麵包、蛋糕之類。現在正是吃飯的時候，丈夫不知多久才能趕來，餓著肚皮在這兒乾等？

她把擱在腿上的銀灰色皮包，改放在長沙發空蕩蕩的一邊，四肢鬆懈地斜躺著休息。走進這咖啡室，神經一直繃緊；實際上用不著如此緊張。這是丈夫硬要她來的；而且一切的事都已成過去，她可以寬心地在這兒聽音樂，喝葡萄汁。

侍著送來了擦手的毛巾和飲料。她從吸管裡吸一口沁涼的葡萄汁。忽然覺得一個龐大的人影壓向她；她還沒來得及擡頭，便聽到一個熟悉的聲音說：

「陸渝美小姐，噢，金太太，妳好！」

那人彎著腰，臉孔湊近玻璃桌面。她已看清他的頭髮、眼睛……心中猛地一跳，急忙伸手把皮包抓在懷內，彷彿怕被別人搶走似的。但皮包抓在手中，就覺得不對了，像是騰出空位讓別人坐下。

她慌急地說：「你……什麼時候來的？」

「我一直就在這兒。」

「我進來沒有看到你。」

那人把手揮了一下。「我在那兒睡覺。夢見妳進來了。睜開眼，果然看到妳。」

金太太的肢體戰慄了一下。想不到在那老位置睡覺的是華寅中。她不願來這咖啡室，是怕觸及以往的回憶；現在竟會見到不想晤面的人，太出乎意料之外。看他這樣子很狼狽，鬚髮很長，很亂，衣服摺皺、窄小得絞纏在身上，就像半年來沒有洗過、燙過。

她說：「你不該青天白日在這兒作夢！」

華寅中搖搖頭。「可是，我除了作夢以外，就無事可做。」

這不像一個男人，尤其是年輕男人說的話，她不好回答。低頭再吸進一口葡萄汁。

他問：「我可以坐下麼？」

「可以。不過——」她擡頭張望了一下。「我的先生快來了，你最好快點離開。」

「我會很快離開的，」他坐在她身旁。「現在我很想問妳一句話：妳爲什麼要突地拋棄我，和別人結婚？」

她屏住呼吸，全身肌肉縮緊。這時他來問過去的事，實在太傻。那時，她和華寅中的結婚禮堂和酒席訂定，新房內的一切家具都購買了。在結婚日的前一週，她作了一個果敢的決定，變成現在的情勢。華寅中再翻這舊帳，還有什麼意思。

「何必問我，」她有點氣憤：「問你自己啊！你自己做的事不明白，還要在我面前裝糊塗。」

他的頭搖了搖。「我不是裝糊塗。聽妳這樣說我就更糊塗了。我相信我自己所做的事，都是光明正大的，沒有對不起妳的地方；妳爲什麼要這樣傷害我？」

「是你傷害了我？還是我傷害了你？」她眼睛瞪著他：「當時我就不想活下去，這條命幾乎送在你手裡。現在，我雖然堅強地活在世上，但我的心早已死去，痛苦和失望成天纏繞著我——」

她突地頓住，沒有再說下去。這時正播放著一支快速的圓舞曲，使人有一種無法喘息的感覺。她不想把婚後生活情形告訴華寅中，那樣他會嘲笑她：妳賭氣不和我結婚，現在該明白是一個多大的錯誤了吧！

側轉頭，她看見噴射在天花板下緋色的光霧，覺得自己圍繞著牆壁旋轉。丈夫愛她、體貼她、關心她；但她總覺他們內心之間有段很大的距離。丈夫知道她愛的對象不是他，是臨時才決定和他結婚的。她時時看到丈夫在近視眼鏡背後，慢慢注視她，偵察她。她好幾次要大聲對丈夫喊嚷：你不要這樣懷疑我了！有什麼問題，趕快問我吧！

當然，沒有喊出聲來。他們之間的陰影，彷彿愈來愈濃，痛苦愈來愈深。她受的創傷，這一輩子也沒有辦法彌補，華寅中居然說她傷害了他。爲了自尊，不能把自己的苦痛告訴華寅中，還是讓他猜測爲妙。

「可是，那是妳自己決定的啊！」華寅中說。「妳爲什麼要有那樣的決定？」

「你眞的想知道，我就告訴你。」她說著胸中的怒火又上升。「你聽了不慚愧，後悔？」

「妳說吧！我要知道事實眞相。」

半年前的事又回到眼前，她心尖跳動。她說：「你家阿蘭的事，我全知道了。」

「妳知道阿蘭的事，又與我何干？」

她兩眼瞪著華寅中，見他臉上只現出詫異神情，沒有絲毫愧色。看樣子，講得含蓄沒有效果，一定要把話說到底才行。

「阿蘭說你和她有了孩子……」

她胸中的氣梗住喉頭，沒有辦法再說下去。她又看到阿蘭那張兇橫的面孔了。如果那天不去華寅中的家，就不會受阿蘭的侮辱。阿蘭說：「你相信華寅中和妳結婚，是爲了愛妳嗎？」

「當然。」

阿蘭大聲冷笑。「妳實在太天眞。我是他家的下女，連我都知道不是。他和妳結婚，是爲了妳家的錢，和妳爸爸的地位——」

她搶著問：「妳憑什麼這樣說？」

「我憑事實。」阿蘭突地坐在客廳沙發上，把腿蹺得好高，她從來沒有看到阿蘭這樣放肆過，爲什麼今天突地變了。阿蘭說：「我十三歲就來華家，看到這位少爺見一個女人，愛一個女人。妳還不相信我的話？」

「好。不給妳證據，妳永遠不會相信。」阿蘭把上衣掀了起來。她說：「妳看：這是華寅中的孩子。他說他愛我要和我結婚。他認識妳以後，心就全變了。他要趕我走。妳想想看：我有了五個月的身孕，還肯離開他？所以我要勸妳，不要受他的騙。天下的男人多的是，爲什麼一定要嫁給他？就是妳和他結婚了，他還離不開我，離不開他的孩子。我也永遠纏著他，纏著妳。妳相信妳能獲得幸福？妳相信妳能永遠抓住他的心？世界上漂亮的女人多的是，有錢的女人多的是。到時候妳還不是像我一樣，被他一腳踢開！我就是妳的鏡子，妳趕快醒醒妳的美夢吧！」

她站不住了，扶著客廳的門，不讓自己倒下去。阿蘭的話說得又急又快，好像全是眞的。但她怎能相信呢？而且把她和阿蘭相比，她感到無比的屈辱。她很後悔聽阿蘭的訴說，該立刻衝出大門的。可是，她怎能放棄弄清事實眞相的機會。

她說：「妳敢對妳說的話負責嗎？我要問華寅中，如果妳說謊——」

阿蘭搶著說：「妳不要走，等華寅中回來。我當面說給他聽。看看他用什麼話回答我。不然，在你們舉行婚禮的禮堂上，我要去向大家宣布；到時候，妳就會相信我的話了。可是，妳的面子呢？妳的父母、親戚、朋友、同學的面子呢……」

她沒有聽阿蘭說完，就衝出華家的大門。但跑出門口，還聽到阿蘭咯咯的得意的笑聲。這時，雖坐在咖啡室裡，還覺得那淫蕩而下流的笑聲，在腦裡以及全身的肌膚裡滲透出來。

華寅中側著頭問：「妳什麼時候和阿蘭在一起，聽她的胡說？」

「就是你約定我去買婚戒的那一天，」她盡量壓制自己憤懣的情緒，使語調平穩。「我去你的家，你不在。所以阿蘭才有機會，把你和她的祕密告訴我。」

他低頭思索。「噢，我明白了。那天阿蘭把熱水瓶打翻，把我們的結婚請帖，全部潑溼，我罵她，所以她在妳面前損我，破壞我倆的婚姻——」

「難道阿蘭說的全是謊話。」

「百分之一百的謊話。」華寅中把垂下的一綹頭髮，用右手抓著向腦後摔去。「她和不少男人有了曖昧行爲，硬賴著隔壁的泥水匠，是孩子的父親。經過警察機關的調處，泥水匠才和她正式結婚。現在已生下了一個男孩。」

「你說的全是眞話？」

「現在，我爲什麼要騙妳？」華寅中挪動身體，靠近她一點。「妳立刻和我去，我帶妳去看阿蘭和那個私生子，要那個泥水匠說明事實經過，妳就會知道妳自己，輕信片面謊言，造成多大錯誤。」他的神情激動，聲調愈說愈高。「我眞不明白：妳聽了一個下賤女人的話，爲什麼不運用理智冷靜地考慮？爲什麼不當面問我，要我解釋？爲什麼不花點時間從側面調查清楚，就貿然離開我？」

他雙拳緊握著伸在玻璃板上，像表現出無比的勇氣和決心。她沒有回答，讓音樂迴旋在他和她的四周。今天她不該來這地方，更不該和華寅中談論那傷心的往事。如果時光可以倒流，那充滿愛情的甜蜜生活堆砌在她的身旁，她也無法伸手攫取。因爲她已是結過婚的女人；而她的丈夫馬上就要進來……

「事情都已過去了。」她幽幽地說。「再談論有什麼用？我們當作誰也沒看見過誰。你還是走吧！」

「什麼！妳還是這樣忍心？」華寅中迅速地收回雙拳，倒轉身兩手便抓住了她的右手。「半年多來，我時刻沒忘記妳。爲了妳，我離開家鄉流浪；爲了妳，我拋棄了自己的父母和工作。我希望離開這個城市，就會忘記妳的影子。可是，沒有。我喝醉、賭錢，在各種娛樂場所裡鬼混，希望在痲醉的天地裡，忘記自己，忘記妳。沒有。我又回到這城市來了。我吃飯、睡覺、作夢……都看見妳在這咖啡室裡等我。所以我天天坐在妳喜歡坐的位置上。一天、兩天……一個禮拜、兩個禮拜……我夢見妳來了。妳眞的來了，我們再也不能分離了。」

在他熱情訴說的當兒，她幾次試著用力抽回自己的手，都沒有成功。她的手像已被嵌進那握牢的鐵掌中。

她說：「你該冷靜一點，理智一點，我是結過婚的女人，我有丈夫——」她猛地抽回右手。「你該尊重別人和你自己！」

華寅中冷笑。「妳是說金克儉。我知道他是妳丈夫；但我也知道妳不愛他。妳說過，他是猶太鬼，渾身的市儈氣。爲什麼轉念之間，妳就會嫁給他？妳這樣突然地轉變，他會相信妳？愛妳？」

她兩手緊握膝蓋上的皮包，以控制自己肢體的戰慄。華寅中的話，完全擊中她心理上的弱點。婚後半年多的生活情景，霎時全部映現目前。金克儉的冷漠態度，懷疑眼光，格格不入的生活方式圍繞在四周旋轉，旋轉。她手心滲出冷汗，覺得胸中有無數的苦悶要向他訴說。如果不是輕信阿蘭的話，和華寅中結婚，婚後生活將是多麼甜蜜，幸福……

「你現在說這樣的話有什麼意思？」她迷惘地說。「太遲了，一切都已過去了。」

「不，不！不遲。」他興奮地說。「過去的誤會已解釋清楚，我們可以從頭開始。現在妳就可以跟我走——」

「跟你去幹麼？」

「我們先去看阿蘭，以及阿蘭的丈夫和孩子。然後我們坐快車離開這個城市，去我們以前想去的世外桃源，歡度我們自己的蜜月——」

「你瘋了，盡說瘋話！」她紅著臉說。「那已成永遠不能實現的美夢和幻想，你還是醒醒吧！」

華寅中又抓牢她的手，雙眼凝視著她。「不是作夢，也不是幻想。」他說：「自從見到妳以後，我的夢就醒了。見到妳，使我有了活下去的勇氣，增加了面對現實奮鬥的決心。現在我問妳：妳是不是仍像以往一樣的愛我？」

「不！」她搖頭。「我恨你！」

「妳說謊，一百個說謊！我從妳的眼色和神情中看得出。因爲妳愛我，中了那下賤女人的詭計，所以才恨我。現在揭開事實眞相，妳就不會恨我了是不是？妳自己明白，造成這錯誤的是妳，而不是我——」

「爲什麼是我？」

「妳聽了別人說了關於我的壞話，如不願意當面問我，也該向其他的人探聽清楚，爲什麼就下了那樣錯誤的決定？所以妳不應該恨我，應該恨妳自己！」

擡起頭，突然瞥見她丈夫推開玻璃門走進來，向另一個角落張望。她猛地抽回手，急急地說：「你快走，我先生來了。」

「他來了也不要緊。」華寅中邊說邊站起。「妳趕快回答我的問題：妳跟不跟我走？」

「不！」

「妳一定要跟我走，我在火車站前等妳。沒有談完的問題，我可以繼續談下去。」

「不要囉嗦，快走吧！我先生已看到你了。」

「看到又算什麼？以前他是我手下的敗將。現在我仍要戰勝他——妳到底怎樣說？妳不回答我，我不走。」

她沒有辦法回答，丈夫正冷冷地看著他們向座位旁走來。

她胡亂地點頭，剎那間眼角看到華寅中面龐上飛出一個得意的勝利的微笑。他轉過身去，正和她丈夫對面站著。他伸出右手，說：「金先生，您好！」

「您好。」她丈夫說：「走了？怎麼不再坐一會兒？」

「我另外有事，再見！」

她捏著一手冷汗，怔怔地看著華寅中遠走的背影。丈夫在她身旁坐下，問她吃什麼，才使她驚醒過來。

她說：「隨便。」

丈夫低頭點菜。她從皮包裡撿出花手帕，拍拭額角和面頰的汗水，現在才覺得全身都被汗浸溼了。

她想，丈夫點完吃的東西定要和她談談關於華寅中的事了。沒有。丈夫從公事包裡拖出一大捲文件，戴起六百度的近視眼鏡，低頭用心地閱讀。眞見鬼，這兒光線太暗，音樂聲很喧嚷，怎能看得下去。大概是他逃避談論華寅中這個人，所以才裝著看文件的吧！

好，暫時讓他逃避；她自己緊張的心情，也要有適當的時間調整。她要找出機會主動地和他討論，看他還有什麼法子逃避。

他們靜靜地吃著兩客西餐。吃了一半，她實在忍不住這份沉寂，放下刀叉問：「你認識剛才那個人嗎？」

「他姓華？好像在妳家見過的。」

又沒有話好講了。這陣音樂聲又熱又狂，和他們之間冷冰冰的氣氛全不協調。

她不能讓這機會消失，馬上接著說：「他叫華寅中，本來我是要準備和他結婚的，後來臨時改變了主意——難道你忘了？」

希望這樣說法能激起他的妒忌心。沒有。她又失敗了，丈夫只淡淡地說：「那不是早已過去了？」

她傷心到極點，盤子裡的半隻雞，再也無法下嚥。她真要握緊雙拳，對準他的腦殼打去，同時要厲聲的告訴他：事情沒有過去，剛才還在討論。我嫁給你這冷血動物，已非常後悔，我馬上就要離開你，回到他的懷抱裡去了。

丈夫也放下刀叉，側轉頭注視著她。她覺得自己的面龐冷一陣，熱一陣，一定洩露出胸中的不少心事。丈夫也懷疑她說這話的動機？

丈夫說：「我要妳來這裡，有很重要的話和妳談。」

她猛吃一驚。這才想起丈夫不回家吃飯，要她來這裡，是一件很不平常的事。怎麼她竟忘了。

「你說吧！」

「我們的公司破產了。」丈夫的語調仍很平穩沉著。「我立刻要坐飛機到南部去，和另一位股東研究挽救經濟危機的辦法。」

「要去幾天？」

「說不定。三天，或者一個禮拜，也許還要長些。」

她眞要振臂高呼了。破產吧！你變成一文不名的窮光蛋，我也不在乎了。離開姓金的門，我就跳進另一個天地，看你在赤貧中打滾、哭號吧！

最使她高興的，該是這難得的機會。她本想找一個藉口離開他，然後跟黃寅中過雙宿雙飛的甜蜜生活，但得擔心他搜尋，追蹤。現在可好了，他們有的是時間，爲他們未來建築幸福的前程。他們可以在山林中蝸居，也可以遠渡重洋——整個世界，整個地球都是她和華寅中的了。

她看著丈夫拿公事皮包，蹣跚地離去，內心雖有點傷感；但立刻被將和華寅中在一起的快樂沖淡，又變成興致勃勃。

梳理了頭髮，對準皮包中的小鏡子修飾了面容，她才輕鬆地推開玻璃門，走出咖啡室。

大街上的男女老少，匆忙地來往，但她忽然起了一種不知走向何處的感覺，她眞會爲了華寅中的幾句甜言蜜語，拋棄自己的丈夫，和他私奔？他和阿蘭的事，眞假沒有辦法證明。阿蘭已出嫁了。爲了保持丈夫的自尊，當然要說維持體面的話。而且，華寅中料定她不會和阿蘭對質，所以才這樣騙她，她竟眞的相信。

走到街角，她又轉回身來。在丈夫破產的時候離開，丈夫一定認爲她是一個嫌貧愛富，可以共享安樂，不能同受患難的妻子。丈夫是個粗心大意的男人，永遠不會體認出婚姻破裂的眞正原因。如被他誤會了，將又是一件終身遺憾的事。

最主要的該是華寅中這方面。如果她在此刻投入他的懷抱，華寅中不輕視她？在以後的任何時間內，華寅中只要說這麼一句：「妳是怕過窮日子才來找我的。」她就沒有臉面再活下去了。他臨走時那種得意的笑容，正說明他的驕傲和自負。是的，他已戰勝了金克儉，獲得了勝利；同時他又戰勝了她，一輩子在他面前擡不起頭。

她已錯了一次，還能再錯下去？在路上徜徉，又有不少路人側目注視她。她伸手一招，一輛計程車，在她身旁停下。她急速跨進車門，告訴司機路名，直向家中駛去。

慷慨的捐贈

在月球上，灰濛濛的霧靄滾著，飄蕩著。絢麗的金黃色線條，滲入靛藍的空隙，輻射四方。一〇一號太空人大塊頭，傴僂著背躍出橢圓形太空站，向四處瞭望。矮胖子一〇二號仍蹲在通信機前，對準話筒嘰哩咕嚕叫，一陣緊似一陣。

大塊頭用手指抹風鏡上的浮灰，再仔細向遠處搜索，團團的霧氣遮住視線，能見度很低，只見附近有三隻兩頭鳥，倒著頸子在半空航行，刹那間便墜入霧窟。他在太空裝的脅下，從裡層抽出一段白布，用摺合的彎柄刀，割下長形一塊。然後俯伏在太空站右側，用特製的黑色炭精筆，在布上塗抹。

矮胖子也從臨時的安樂窩中縱出，駛向一〇一號，氣憤地說：「不通了，就是叫不通，發射台也許會聽到我們——」他雙腳一跳，身體斜著向上竄升約五丈高，在半空沉靜一下，肢體再慢悠悠飄滑到岩層地面。

「當心點！」大塊頭微微擡頭看他一看，又專心畫圖。「你忘記本身失去了重量？」

胖子雙腳擦地挪向大塊頭，擔心自己再漂浮半空。他不習慣太空的一切，話說出來輕飄飄的，彷彿不能灌進別人的耳朵。而太空裝臃腫累贅，橫綑豎縛的使他呼吸感到困難。此刻焦急的是：通信系統發生故障，他已和地面的控制站，失去連絡八個小時；但看到一○一號仍匍匐地面，悠閒地作畫覺得很驚訝。

一○二號大聲問：「你知不知道我們的給養，還剩多少？」

「知道。」大塊頭在布的右上角，畫一條鯨魚；魚有兩手兩腳，兩隻眼睛都生在鰓旁，鰓旁長滿了鬍鬚。「濃縮丸只剩三粒，水和氧氣只夠一個人一天用的。」

「既然知道，你還有那麼好的心情畫畫？」

「你焦急了半天，有什麼用？」

是的，除了更煩惱以外，沒有任何解決的辦法。還是學習一○一號的灑脫吧！胖子坐下，雙臂撐向身後摺皺的地面，眺望遠處瑰麗的雲彩翻滾奔騰，如煙如霧的山巒起伏，環顧四周，山坡上有千萬棵十人合抱的鐵樹，開滿了橙黃、絳紫色的花；樹叢中身如象、腿如蚊的野豬彳亍橫行，山谷間有磷磷屍骨堆集——人頭骨上的兩個大黑洞，像是緊緊瞅著他。他掉轉頭，見大塊頭在鯨魚的右下方，又畫了一隻倒懸的蝙蝠。

「你錯了。」胖子沉不住氣。「蝙蝠怎麼會跑在鯨魚下面？」

一〇一號伸出左小臂，和布上的圖案對照。原來他臂上，正刺著鯨魚和蝙蝠的花紋。

「你忘記這兒是太空，」大塊頭說。「太空的一切怎和地球相同？」

胖子顛動飄浮的雙腿，對自己的見解不如別人感到忸怩。「不論你怎樣巧辯，」一〇二號掩飾地說：「你畫成這樣子又有什麼用？」

「你知道鯨魚和蝙蝠的性能嗎？」大塊頭仍在用筆修改畫面。

他不是動物學家，怎會對這些動物有研究。

「鬚鯨能組成很大的團體。」一〇一號解釋道：「但領導的只有一隻雄鯨，其餘的是雌鯨和幼兒。牠們實行一夫多妻主義。」

「原來你是羨慕牠們生活，要多討幾個太太？」矮胖子大笑，他知道大塊頭進入太空前，還是個單身漢。

大塊頭抓起兩隻布角，懸在半空，審視自己的傑作。「還有蝙蝠，」大塊頭得意地說。「牠是標準的太空專家，能快速飛行，身上自動裝置雷達，播放出音波，碰到其他的物體會發生回波——」

「夠啦——」一〇二號大叫。「你說這些和這幅畫又有什麼關係？」

「這不是畫，」一〇一號正式地說。「我要在太空成立『鯨魚、蝙蝠地產公司』，這是我的註冊商標！」

矮胖子身體一縱，向上飛升三丈多高，才飄忽地降落。他們的生命可能在二十四小時——頂多是四十八小時之內結束；而一〇一號卻有這樣大的野心，要刮太空的地皮，做投資生意。

「你眞會苦中作樂，」矮胖子想起即將來臨的厄難，緊鎖雙眉。「如何度我們的難關，你想過了嗎？」

「想過了。」一〇一號鑽進太空站，抽出一根由鋁和塑膠等物合成的伸縮桿，慢慢拉至二十公尺長，再把那幅怪畫拴上，綁在開滿紅花的鐵樹樹梢上。

一〇二號突然想起地球上，有很多遊客，在風景區塗寫或雕刻：「×××到此一遊」的景象。大塊頭這樣做，也有「人死留名」的意味。

一〇一號在長桿四周繞著圈子，仰望在半空飄浮招展的商標，面露得色，然後走到一〇二號身旁，拍著他肩膀，親切地說：「我想好度難關的辦法，不曉得你贊成不贊成？」

只要能活著回地球，任何辦法都贊成。發射台的火箭故障，補給品不能按時到達；不能接他們回地面。現在通信系統又失靈，第二艘太空艙到達，也許會找不到他們的駐紮地點。山間、樹叢的累累骸骨，他不知那是來自地球或是其他星球的人，還是月球上的人類；他們不能回地球，將會餓死、渴死、窒息而死，月球上又會增加兩具屍骨。現在一〇一號想出了辦法，他有什麼理由反對。

大塊頭坐在圓座椅式的坑裡，面對矮胖子。「你希望我們都死，還是留一個活著回地球？」

矮胖子在突起的岩石上坐下，凝視那長桿向上飛揚的商標。一〇一號問得不對勁，誰回去？誰留在這兒？這樣的辦法任何人都想得出，兩個人的給養，併給一個人使用，也許會等到另一艘太空船。

「你是說，把你的補給全部讓給我？」胖子提高警覺，單刀直入。

「不，是我提議的，你應該讓給我。」一〇一號堅決地大叫，吼聲在山谷飄浮迴旋。「我回地球，會把你留下的紀念品，送給你的親人。」

胖子感到戰慄、暈眩。從地面進入太空軌道時的噪音、震動，滲入肢體和內臟的沉重壓力，彷彿又從四處猛力衝擊自己。他有妻子兒女，在登上太空艙以前，說要接他們來月球。兒子等他回家講太空奇景，女兒要玩太空上的貝殼。可是現在一〇一號要帶紀念品給他們——除了屍體以外，還有什麼可以代表他。太空裝是人人相同的！

「你該讓我回去見妻兒。」一〇二號哀求地說。大塊頭沒有親人，死了或是活著沒人牽掛，對別人的影響也不大，爲什麼緊抓住自己的生命不放。「回到地球，不但我感激你，我全家都會爲你祈禱，祝福你永生。」

「不必固執了！你知道我們號碼是怎麼排定的？」

在他們之前已有一百個人來過月球——飛行員、醫生、火箭專家、地質學家、生物學家、軍事學家……那些隨太空船來去，頂多在太空踱了幾步的人都回陸地了，唯有他們願意留在月球，實驗太空中的空氣、陽光、溫度……好讓千千萬萬的移民進入月球墾荒，但這英雄頭銜，將和以前留下探險人們的屍骨聚合。接著就有一〇三、一〇四、一〇五……太空人，繼續探索月球祕密。

胖子立刻反擊：「你也不必固執。你死在太空，比死在地球要光榮得多！」

「我們的處境和命運相同，又有什麼好說的？」大塊頭冷冷地問：「你犯的是什麼罪？」

他和一〇一號都是待決的死囚。他因偽造貨幣，案發拒捕，擊殺警員，三審都判處死刑，與其進煤氣室，不如應徵到太空探險，將功抵罪。他記得已告訴過大塊頭，現在又問這幹麼？

「我犯的罪不能和你相比。」他記得大塊頭犯的是侵占，背信，加上搶劫殺人。「所以也不必炫耀。你既然有意在此地經營地產生意，你就繼續留下。」

「我當然要留下，但得把濃縮丸、水母精、氧氣袋交給我！」

胖子沒有答理，躍進太空站對著話筒嚷：「環球一號、環球一號……太空人一〇二號、太空人一〇二號……呼叫你，請回答。」

呼叫一遍又一遍，沒有回聲。他頹喪地走出太空站，見一〇一號兩腿撐開迎向他。

大塊頭認眞地說：「你還沒回答我的問題。」

「你不讓我，我也不願讓你，現在我們公平處理，抽籤。」

「只有二分之一的機會，我不幹。我要百分之百的機會。」大塊頭突地抽出彎柄刀，刀尖對著一〇一號喉嚨。「把全部給養交出來。」

胖子注視刀尖，慢慢向後退，突地覺得有亮藍的星群在眼前上升，流竄；天色由淺紫變成了深紫，再轉變為濃墨。地球上有千千萬萬的人，爭名奪利搶地皮，月球似乎有人跡；但這角落裡，只有他們兩個。一〇一號為什麼不想辦法尋覓月球裡的人類？為什麼不想辦法和控制台連絡？現在卻拿出刀子對準同患難共生死的他？

「整個太空，只有我們二人，」胖子憤懣大叫。「你還忍心用武力？」

「為了生存，還管人多人少！」

胖子仍退避慢慢逼近的敵人，希望能找出理由說服一〇一號放下武器。他說：「你知道我以前——犯罪以前的職業嗎？」

「不知道。你也經營房地產？」

「我沒有商業頭腦。現在告訴你，也算是警告你，我練過拳擊，我做過柔道教練。」

一〇一號冷笑，笑聲飄忽朦朧。「不要恐嚇我，你是拳王我也不在乎。我這刀尖，刺破太空衣，你還想活得了？」

沒有太空衣調節空氣，阻止壓力，永遠回不到地球。「如你殺死了我，」胖子仍不放棄說服的機會。「地球上的人又要控你殺人罪，你還能應徵到火星木星去贖罪？」

大塊頭笑彎腰，刀尖顫抖。「難怪你這樣胖，為什麼不多花點腦筋？你想：地球上的法律，能制裁太空上的行爲？」

原來他是個專鑽法律漏洞的人。畫了商標，要侵占太空的地皮。將來太空法成立的時候，難道整個太空屬於大塊頭？他是個天字第一號野心家。看情形無法說服他放下刀子。

「請你不要性急，」胖子搖手阻止一〇一號逼近自己。「讓我再呼叫發射台好嗎？」

「免啦！」大塊頭的話像冷磚擲在他頭上。「叫通和叫不通是一樣。即使現在看到太空船來了，我也不願意你活著回去。」

「爲什麼？」一〇二號驚詫起來。他們過去雖然關在同一座死牢裡，但互不相識。直到應徵進入太空，才生活在一起。「我們一向無冤無仇。」

「我的鯨魚、蝙蝠地產公司，不能讓第二人參加，或占有——」

一〇二號的心情放鬆，振臂高呼：「請你放心。我不要太空的一草一木，一分土地，只想活著回去。如你不相信，我馬上立好字據，放棄太空一切所有權。你滿意了吧？」

一〇一號搖頭，再搖頭，又向前跨了一大步。「我的想法你永遠猜不透，但在你失去生命之前，我可以告訴你。」一股得意孱雜勝利的神氣爬在大塊頭的臉上。「我回到地球，要告訴全世界的人們，在月球生活七天的實況，我要獨得這份光榮，不能讓你站在我身旁，說一句話，寫一個字。我要單獨接受全世界人的歡呼、喝采，不容許他人分享這最高的榮譽。現在你總該明白：我爲什麼不讓你回地球了吧？」

胖子已退到聳削的山壁，不能再退了。料不到大塊頭有這樣的想法。讓死囚來太空，該是很大的一件錯誤。他覺得又難過又恐懼，但仍圖做最後的掙扎。他說：「我死了，你一個人活在太空有什麼意思？沒有人陪你談天、散步，研究氣候、溫度；沒有人陪你看日出、日落奇景。河裡流乳白色漿液，岩層長白色嫩草，兩個頭的鵝，三隻腳的鷺鷥，都沒有人和你共同欣賞。如果從山洞裡走出一個三頭六臂的人，你獨自怎樣應付？」

「可是，現在沒有。」一〇一號輕蔑地揮著彎柄刀。「即或是有那樣的怪人，也用不著你擔心。你還是交出給養吧！」

一〇二號從對方肩頭，看見雲彩變幻的天空。「我再警告你一次，有武器的人，並不見得能贏我。」他說，「我不想一個人留在太空，才不願殺死你。」如孤零零留在月球，那份寂寞豈是「蝙蝠鯨魚公司」的地產能夠補償？現在大塊頭自動把給養交給他，他也要考慮是不是該接受。

他的話顯然沒有效果，一〇一號的刀連連刺向他。前兩刀閃開了；第三刀刺來時，他抓住大塊頭的右腕，刀被摘下拋入山澗。大塊頭憤怒地猛撲，矮胖子機警地躲閃，藉大塊頭撲來的姿勢，抓住大塊頭雙臂，擔在肩頭猛力一摔；因用力過猛，或許是因爲大塊頭失重，致被彈向半空，像一隻斷線的風箏。飄忽地降落時，那割破一塊畫商標的太空衣，卻掛在分岔的樹枝上，撕破了。大塊頭的肢體分裂：肉、血水、骨頭……紛紛跌落……

一〇二號蒙住面孔，跌跌撞撞衝回太空站，手扶通信機大叫：「環球一號、環球一號……請回答。」

「一〇二號、一〇二號，環球一號回答你：你受話機器的螺絲釘沒有旋緊，所以聽不到我們的回答。接你們回地球的太空艙，正在你們四周盤旋，你趕快用B波段，和一〇三號太空人連絡……」

矮胖子急低頭，見自己的右手，正捺著受話器的螺絲釘。他一點都不明白：這螺絲釘爲什麼會鬆開？

他突地想起大塊頭。頭伸出太空站，見那怪商標仍得意地飄展。大塊頭已不能回答他的疑問，但他怎樣處理鯨魚和蝙蝠公司？能用那商標去到太空總署申請註冊？那麼，他該感謝一〇一號捐贈遺產的盛情了。

一〇一號確是太慷慨。但他怎樣向地球的人們交代？人們對他又是怎樣的想法呢？

磁石女神

鮮紅的血液逷飛。循環，再循環。凝固了，又涓涓奔流。像生命之舟，沿人生軌道航行，中途站和終點都被扔棄，周而復始，滔滔不息。

夏娟娟凝視對面藥房的霓虹燈，腦中捕捉怪誕的意念。那通電的玻璃管像小川、軌道、肢體上的脈絡？

西藥房並不大，爲了誇大宣傳特效的抗生素，才製造那觸目驚心的血液。

藥房的左邊是小巷。右邊是獎劵行，再過去是美容院、香燭店、跌打損傷的狗皮膏藥……

她站在偪仄的店堂內，可以看到那些商鋪。它們都用特製的標幟和聲響吸引顧客；而這玩具店，卻用她和阿蘭招徠生意。

阿蘭今晚才來上班，是她的新同事，也是顧客的新目標。平擱在櫃台的兩枝長槍，已被阿蘭裝好軟木塞彈頭；另有五枝槍順排倚在牆上，「木」彈也裝在槍口，隨時可以使用。

「我們店裡怎麼沒生意？」阿蘭剛從鄉村踏進都市，對一切事物，抱著新奇和期待的心情，像難耐長時的寂寞。

「慢慢會有生意的。」娟娟隨口安慰她，不想說得太多。這時夜市還沒正式開始，人頭還沒到擁擠的程度。而這地帶玩具店也太多，和他們毗連的就有五間性質相同的射擊場。鄰近的街頭巷尾，全是做這類生意的，怎麼會有很多顧客上門。

阿蘭又問：「妳不喜歡客人多，生意好？」

「誰說的？」

「我看得出。」

她冷冷地搖頭。十六歲的大孩子怎會了解她的心境。她看霓虹燈，聽獎券行擴音器的音樂，目光尾隨衣著入時的女人，這些能表示她對本身工作厭倦？

一個鷹鉤鼻的男人，扶著門框嘻笑地看著她，再眨動眼瞼打量阿蘭全身。

阿蘭忙把槍托舉起，伸在顧客面前，諂媚地說：「練練神槍手吧！」

男人接過槍，伏在櫃台上，從褲旁插袋掏出叮噹響的五枚硬幣，放在阿蘭伸出的掌中。

阿蘭忙從櫃台下的方紙盒內，抓出一把軟木塞，數了九顆放在台面，再把多餘的放回原處。

鷹鉤鼻的手肘撐在台面擎起槍，但眼睛仍沒離開阿蘭，槍聲響了，軟木塞卻從天花板撞落在地下。

阿蘭抓住槍桿裝木塞，關切地說：「你應該好好瞄準，我們的架上有葡萄糖，洋娃娃，裝金的佛像。打中了，就是你的。」

「對了，那麼我要好好瞄準。」

娟娟斜倚在牆角，靜靜地看著他們，覺得阿蘭天眞到可笑的程度，妳怎會相信這男人不會使用玩具槍？他是這兒的老主顧。她每週都要看到他來這兒三兩次，槍法聒聒叫，阿蘭還要跟他學習哩！

「砰！」軟木塞擊中阿蘭的左肩。

阿蘭伸右手揉撫肩頭，尖起嘴唇說：「你打槍不懂要領。準星尖該對準要打的東西。」

娟娟想縱聲大笑。老闆認眞地說是僱她來做店員，也認眞地教她射擊的方法。她卻拿來用在這老油條的身上。阿蘭怎會想到那許多顧客，並不想射中架上的銅鈴、洋娃娃、縮頸烏龜等玩具。

男人接過阿蘭裝好木彈的槍，槍身晃了晃，響聲暴起，彈著點落在阿蘭隆起的胸脯上。

阿蘭雙頰輕敷緋紅，赧然縮在一旁，右手揚了揚再放下，像不好意思揉撫痛楚之處。

娟娟忍不住了，音調中灌滿憤怒。「她還是個孩子，你不該欺侮她！」

「那麼，我該欺侮誰？」槍聲又響了，最高一層的白磁裸身女神像連連扭擺。他搶著大聲說：「美麗的娃娃，該是我的了！」

「不行，不行。」阿蘭回答。「你要把她打下木架，才算是你的。」

「好吧！妳等著瞧吧！」

鷹鉤鼻用心瞄準那磁石女神，連射兩槍，沒有打中，悻悻地說：「打不下來，我要買。妳要賣多少錢？」

阿蘭扭轉頸子看向娟娟。她看阿蘭晶瑩的雙瞳，靈活地流動，深切地向她求援。新同事第一天上班，當然不會處理這突發的難題。

「不賣。」娟娟堅決地說。「我們店裡的所有東西都不賣。」

男人的笑聲尖銳。「妳知道我從哪兒來？」

「誰管你！」

「我可以告訴妳。」男人笑彎了腰。「我剛從妳的同事星星那兒來——」

「你少廢話！」娟娟用有力的手勢阻止他往下說。「星星已經不是我的同事了；我的同事是阿蘭。」

阿蘭性急地問：「星星是誰？」

「星星以前也在這兒管女神像。」男人瞇合著雙眼。「她離開了，妳才能來。將來妳也去星星去的地方，又有別的小姐會來抵妳的缺。」

他突地轉臉問娟娟：「星星去哪兒，妳一定知道吧？」

當然知道。從霓虹燈旁的巷子進去，有兩排房屋。每戶門前都裝有淡紅色日光燈。（爲什麼要說那是「綠燈戶」？）昨兒晚上，星星就在那燈光下亮相，那是老闆投資的另一種事業。星星用另一種方式招徠顧客，爲老闆賺錢。老闆曾在她面前讚揚星星，她怎會不知道。

阿蘭拉拉她膀臂，迷惑地問：「星星到底哪兒去了？」

「不知道，不知道。」娟娟像摔脫額角的蒼蠅。「妳將來也不會去那種地方。」鷹鉤鼻子又擎槍瞄準。一隻圓罩形銅鈴，跟著響聲跌下木架，落在懸空的紫布幔上。阿蘭撿起放在他面前。

他說：「不要，除了女神像以外，任何東西都不要。」

「那麼你再打吧！」娟娟說。

「妳們把那個磁娃娃擺得很高，我打了三年，都打不中。」顧客又把長長的撞針向後拉，把軟木塞裝進槍口。「我情願多出一倍錢，妳還是賣給我吧！」

「我說不賣，就是不賣。」

「妳們說的話都不可靠。」槍又響了，木塞落在紙糊的壁上。「我打了那麼久的玩具，這店裡換了不少小姐。她們一個個說：『不賣，不賣。』可是她們一個個為了前途離開這兒。我相信妳們也會離開這兒，也會去她們去的地方。」

門口有一個禿頂男人伸頭張了張，娟娟抓起台面的另一枝長槍，大聲吆喝：「進來嘛！練練神槍手嘛！」

禿頂男人的目光，在她和阿蘭的身上溜了溜，回轉身向對面獎券行走去。

娟娟又把長槍平擱在櫃台上，槍口向外。獎券行的擴音器聲音特別響，在大喊一陣「發財、發財」之後，正放一首軟綿綿的流行歌曲，便把禿頂男人拉走。可是鷹鉤鼻子仍纏在這兒。他說的話不錯，星星前面是毛毛，毛毛前面有阿菊、花花、金蓮，再向上數是富美。她們每個月買獎券。一萬、一千，連一百都沒有中過。爲了和賣獎券的小姐賭氣，都到老闆投資的另一種事業上去發財，再不買獎券了。

她是由富美介紹到這兒來當店員。她們都住在鄉下，鄰屋而居。富美離開這兒，一下子就又漂亮，又有錢了。穿的戴的既時髦，還有大把大把的錢往家裡送。媽媽責問她爲什麼沒有富美那樣有出息。富美沒有她漂亮，也沒有讀過十多年的書，她賺錢爲什麼沒有富美多？

店主人也板起面孔教訓她：她不該老占住這位置。這玩具店只是一個「先修班」，她能夠升「級」，才有更多的店員來進修。五家玩具店都是老闆開的，大家都學她的樣，不是就斷絕了「人才」的來源？

因爲她來了三年（當時她比現在的阿蘭大一歲），主人對她還算客氣；談到最後，總是有把握地笑笑說：妳一定會去的。那麼多人去了，妳怎麼能不去？

「爲了要規規矩矩做人，我就是不去。」

娟娟抓起櫃台上的槍，對準躍動的霓虹燈射去。訇然一聲，木彈射到中途，便墜落在瀝青路面的窪坑。她又加了一句：「全世界的人都去了，我還是不去！」

阿蘭縮頸伸舌。「妳亂打槍。不怕老闆知道罵妳？」

「我不怕。」娟娟從櫃台下抓一枚木彈塞在槍口。

「她當然不怕。」鷹鉤鼻子又擎起槍。「她和星星她們一樣，可以使用女人最後的『本錢』。丟掉磁飯碗，就可以去端金飯碗。」

這傢伙確是討厭，爲什麼要把她看成和別人一樣。她不買獎券，不進美容院和香燭店，也不須要進西藥房……鷹鉤鼻子就看不出她和別人有不同的地方？

「你少廢話。」娟娟擠擠鼻子，「彈子已打光，你也該走了！」

「誰說我的彈子打光了？」顧客不服氣地反問。「就是打光，我也可以拿錢買。妳怎能叫我走？」

門口又有個戴眼鏡的男人探頭探腦，見鷹鉤鼻伏在櫃台，倏地縮了回去。

「要買彈子拿錢來。」娟娟的右手向前一伸。「不然請你趕快離開，免得妨礙別的顧客！」

獎券行的音樂，迅雷飆風似地捲過來，她聽不清鷹鉤鼻說些什麼；車轉身，便聽到砰地一響，右胸有一陣麻辣辣的刺痛。

娟娟突然愣住。這意外的打擊，使她暈眩。剛來這兒的時候，常常有人這樣欺侮她；但她現在已不是鄉下來的呆頭鵝了，鷹鉤鼻還要當著阿蘭的面這樣羞辱她？霓虹燈的血液，隨著音樂節拍迅速地躍動、躍動。她抓著長槍的手，脈搏也劇烈地逃竄。

夏娟娟憤怒地擎起槍，猛扣扳機。槍聲和阿蘭的尖叫聲，同時衝擊耳膜。

男人的腦殼晃蕩，鷹鉤鼻仍堅挺矗立。忙放下手中長槍，雙手摀住右頰，頓腳大叫：「反了，反了。店員侮辱顧客，真是豈有此理！」

阿蘭忙不迭地陪小心。「對不起，先生，夏小姐的槍是走火嘛。請你把手拿開，讓我來看看，有沒有受傷？」

娟娟大聲說：「誰說我是槍走火。我就是要打塌他的鼻尖，教訓他的無禮！」

「好，妳聽聽看，她好大膽。」鷹鉤鼻子猛揉面頰。「不論有沒有受傷，我都要告訴妳們老闆。知道吧？我是妳們老闆的好朋友。」

門口麕集不少男女；行人、顧客、各類商店的男女店員。大家都在嘰嘰呱呱、嘻嘻哈哈。

「你告訴你的好朋友吧！」娟娟冷笑，把長槍摜在櫃台上。「我不幹了。」

男人搶著問：「妳想通了：不再賴在這兒管磁娃娃，要去端金飯碗？」

「別作夢啦！」娟娟揮舞雙臂怒吼。「我再不要看你們這些髒嘴臉了，我要回家。」

鷹鉤鼻慌急地說：「妳不要性急。算我不好。只要妳不離開這裡，一切都不計較。」他說完見娟娟沒有反應，僵立片刻，霍地轉過身，面向大家震響喉嚨喊：「你們走吧！沒事了；只是一場小誤會。又有什麼熱鬧好看的？」

霓虹燈中鮮紅的血液仍汩汩流竄，擴音器的音響仍囂擾鬧嚷，鷹鉤鼻躡足隨在人群後面消失，娟娟突地覺得自己正像被大家射擊的磁石女神。

特載：

蔡文甫的文字魔術

——從作家到出版人

石麗東

如果你向台北出版界的朋友提起九歌老闆蔡文甫的名字，圈內人十之八九連帶會告訴你「蔡一街」的別號，為什麼「一條街」和「出版社」連上了線？這的確是一個耐人尋味的問題。

早在創辦九歌出版社之前，蔡文甫的職業與工作都和文字結下不解之緣。民國三十八（一九四九）年抵台之後，他在軍中便致力小說的創作，一共寫下兩部長篇，十一本短篇小說集子。

數年後，他自空軍退役，憑著高考及格的資格前往汐止中學教授國文並兼掌教務主任，一九七一年他應楚崧秋社長之邀，負責主編《中華日報》副刊，直到一九九二年從報社退休，方把主編的棒子交給了應平書。

一九七七年底，他在好友王鼎鈞的大力支持下，創辦九歌，由於作家和編輯的雙重體驗，使他認識到讀者及市場的重要性。

「蔡一街」別號的由來正與「書庫」息息相關。蔡先生解釋：當初為了存放印好的書籍，所以在同一條街買下幾棟房子做書庫，「當年買的時候是為了堆書」，但如今「書庫」的增值率比「書」高出許多，有一回《中國時報》開卷版的一位記者在一篇文章中提出「蔡九棟」一詞，不久就被同行從「蔡半街」說成了「蔡一街」（編按，那是記者誇大的寫法。因為九歌有二家書店、書庫，再加辦公室，好像滿街都有九歌的房子）。

其實任何響亮的別號，都不免透露了社會與文化背景的底蘊，蔡文甫一生從事文化工作，在其事業巔峰卻冠上一個和房地產有關的別號，想必也出乎他自己的意料之外，這別號一方面代表台灣經濟起飛、台北市地產狂飆的結果，另一方面或許是文化界的朋友有意聲東擊西，以此凸顯由作家轉行經營企業成功的一個特例。

原籍江蘇鹽城的蔡文甫，於一九四九年隨陸軍抵台，然後調空軍服務，他和目前旅居洛杉磯的華文作家周愚在當年一個做地勤的通訊、一個在空中飛行。

他回憶自己文學創作旅程之中喜歡找新題材，嘗試新的形式，他有一個二十一萬字的長篇敘述十二小時之內所發生的一段故事，名叫《雨夜的月亮》。

曾經擔任台大外文系主任及文學院長的朱炎教授形容蔡文甫所寫的短篇故事，

感性極高，而且微妙得一如風奏之琴……蔡文甫筆下的人物、好像在任何惡劣的環境之下，都有超升的希望和勇氣。

朱教授並舉出〈天堂和地獄〉一文中，妓女四巧走進教堂遇見熟客的情形；「四巧走進教堂裡，脖頸也挺得很硬，她陷在地獄裡是因為自己有一個不正當的職業，那個男人生活在天堂裡，為什麼要製造罪惡，既然他能嘲笑她，她也可以用同樣的態度侮辱他，等進了教堂，她要找一個鄰近他的座位，看他如何向上帝交代？」

蔡文甫當年把一些短篇作品投遞到白先勇主編，並極獲好評的《現代文學》雜誌，根據該雜誌一項量的統計，在所採用的來稿中，以七等生的十三篇居首，蔡文甫的十一篇居次，足見蔡的筆耕之勤。

蔡文甫自軍中退役後，曾負責中華文藝函校的教務（校長是李辰冬教授），而後進入汐止中學教授國文，並兼教務主任。現定居北加州，本行電腦又寫得一手好文章的陳漢平即是蔡老師門下的一位高徒，數年前他藉《世界日報》園地紀錄了這段師生緣。

陳漢平筆下的蔡老師「很像英國維多利亞時代的紳士，風度翩翩」但教學態度極嚴，蔡老師接受本篇訪問時，立即詢問筆者是否和陳漢平及吳玲瑤夫婦相識？

他說陳漢平是很聰明的一個學生，後來考取建中、交大，一直到現在還鼓勵他多動筆寫文章（陳漢平在九歌曾出版《生活方程式》和《在矽谷喝Java咖啡》兩本散文集）。

談起他教作文的方式「首先著重行文通順，一個星期安排好幾堂課讓同學一起討論如何修改自己的作文，直到通順為止，此外還從題意、結構、詞句上加以講解。」

他對學生的要求很嚴，那時候汐止中學的一個年級八個班，參加全省三百多所中學的數學比賽，獲得團體組第一名，所以在當時台北縣的教育圈，蔡文甫也就成為很有名的教務主任。這是他接受筆者訪問過程中，唯一面露「成就感」的時刻。

最後應聘到《中華副刊》工作的蔡主編說：他從讀者來稿的故事中，發覺讀書以升學為主的壞處，因此他家中三個女兒的成長過程，父親只教讀書、作文，其他的事都由母親來管。

經常閱讀中文報的人都知道：副刊和其他版面相比是一個比較靜態的園地，雖然也有配合時事的動態題目，但究竟只是一年之中的幾次例外。但蔡先生口中的主編工作卻忙碌異常，難得有閒，他說白天要在社裡處理行政事務，參加會議，坐辦公室的時間，常被雜務打斷，長稿只有拿回家看，在家裡的時間一部分花在和作家聯繫，其中包括與海外各地回國的作家見面，說藉著這些機會能夠認識海內外的文友，如琦君、楊牧、夏志清、劉紹銘、喻麗清等，也是工作中的一大樂趣。

蔡文甫的人生道路上，從作家到教師，到副刊主編，其間三階段的客觀環境相繼改變，但工作的主體仍是「文字」，接著再往下一步自主編跨行創辦出版事業，雖說成品仍然是「印刷文字」，但所涉及的技術面卻擴展到企業經營，筆者請他談一談跨出這一大步的原動力。

他說當時見到許多作家辦出版社，大多沒有成功，後來專欄作家王鼎鈞極力慫恿，並慷慨借錢湊齊資本，同時專為九歌創業寫了一本書，於是才決定開辦九歌。蔡文甫說如果當初沒有王鼎鈞的鼓勵和支持，也就沒有今日的九歌出版社。

九歌開業之前，他找出過去若干作家辦出版社鎩羽的原因是發行問題，所以他對首批發行的書籍費了許多心思，並商請爾雅的主持人隱地先生幫忙發行，因此打下了九歌的基礎。

根據先前服務於《中時》副刊編輯室的作家應鳳凰女士說：其實習慣上被人稱作五小的規模都不小，尤其是近年來的九歌「事業愈做愈大」，她推測當初「五小」的由來，很可能因為這五家的出版路線走的是純文學的路子，而且版本以三十二開的小號書為主，另一種說法是「五小」乃相對正中、商務、中華、台灣、世界等五大書局而言，曾在德州大學奧斯汀校園攻讀文學博士的應鳳凰說：在她的印象當中，九歌可說是台北出版界獲得文學獎最多的一個出版社，原因蔡先生非常努力於推廣自己作家的出版品，凡是各方面舉辦的文學獎，他都盡力推薦九歌作家參加。

說到蔡先生的「熱心」與「幹勁十足」，應鳳凰還有一個切身的小故事。「數年前，蔡先生擔任中國文藝協會常務理事的時候，因為我替文建會編纂《中華民國作家作品目錄》，於是推薦把『文學史料』獎頒給我，當時覺得自己不夠分量領這個獎，於是去函婉謝。」

結果蔡先生找到我說：「年輕人真不懂事，我們辛苦設了這個獎，覺得妳最合適，居然拒絕我們的好意，」接著叫她趕快收回那封信，應鳳凰說那時候實在是「年輕得很」。

現在回頭續說九歌出版社的「規模」，目前它只是九歌關係企業的一部分，該組織之中還有健行出版社、天培出版社及九歌文教基金會四個部門。

九歌基金會目前有五百萬台幣作基金，但利息所得並不敷開支，他個人另從九歌企業中每年約捐出一百萬元，提供九歌少兒文學獎的徵文獎金，還曾開設三個月一期的小說寫作班共十期。他說每期有兩百多人報名，最後約三十人左右畢業，訓練十分嚴謹（編者按，近年又接辦《中華日報》主辦的「梁實秋文學獎」）。

在九歌企業中，健行出版包括兩性、保健及生活等三大類，九歌出版社則以文學作品為主，除了兒童文學，九歌也翻譯外國名家作品，其中最有代表性的是喬伊斯（James Joyce）的《尤利西斯》（*Ulysses*）及但丁《神曲》全譯本。

九歌先後於一九八九及二〇〇三編纂「中華現代文學大系」一、二輯，把台灣近四十年來最重要的文學作品集成十五及十二巨冊，分為小說、詩歌、散文、戲劇、評論五個類目，每輯均聘請余光中、張曉風等十六位專家討論、投票以期做到「相當的公正」。

蔡文甫說他對九歌企業的構想很多，但辦企業首先要站穩腳跟，不能不談生意經，但話又說回來，他對目前台灣出版界的趨勢感到十分憂心，由於近年來社會財富增加，但書店的數目並沒有增加，全省大致有四千家出版社，平均每月出書超過三千本，一年超過四萬本新書問世，各種類型新書以及翻譯作品充斥市場。見創作文學書籍市場日見萎縮，九歌每年出書超過一百本，所聘用的編輯和員工在二十到三十人之間。

一九九三年恰是蔡文甫與妻子結縭三十載紀念，該年八月，他倆隨著一個台灣作家訪問團前往加拿大參加一次中、加文學研討會，在一回晚宴上，寓居加拿大的吳三連文學獎得主東方白（《浪淘沙》作者）站起來致辭說：他早年動手寫《露易湖》長篇小說，是得到在座蔡文甫先生的鼓勵，當時蔡先生擔任《中華日報》副刊主編，給予連載機會。

東方白接著說：作家除了自身努力，還必須有編輯和出版家的提拔及賞識，這一席話又由東方白自譯成英文，使在座的中、加文藝工作者無不動容，同時也給異國友人找到了一個心神交會的共同點。

眾所皆知：一個私人企業的成功全賴主持人的企劃與執行，究竟蔡文甫先生的經營哲學何所本？他說他的人生哲學是：「做事時虛心學習，態度要謙卑。」中國先賢的一句教誨說：「滿招損、謙受益。」綜合蔡文甫以上所言，「謙受益」似乎正是他事業成功的一個座右銘。

——原載美國《世界日報》星期周刊

本文作者石麗東女士，政大新聞研究所碩士，曾任第十一屆華文女作家協會會長，旅居美國多年，現任海外華文女作家協會副會長。著有《當代新聞報導》、《成功立業在美國》等書。現正編《全球華文女作家散文選》一書，即將由九歌出版。

蔡文甫作品集⑦

磁石女神

著　　者：蔡　文　甫
發 行 人：蔡　文　甫
發 行 所：九歌出版社有限公司
臺北市八德路3段12巷57弄40號
電話／02-25776564・傳真／02-25789205
郵政劃撥／0112295-1
九歌文學網：www.chiuko.com.tw
登 記 證：行政院新聞局局版臺業字第1738號
法律顧問：龍躍天律師・蕭雄淋律師・董安丹律師
初　　版：1987（民國76）年10月7日
增訂新版：2010（民國99）年10月10日
（本書曾於民國五十八由廣文書局印行）

定　價：280元

ISBN：978-957-444-714-5　　　Printed in Taiwan
書號：LJ007
（缺頁、破損或裝訂錯誤，請寄回本公司更換）

國家圖書館出版品預行編目資料

磁石女神 / 蔡文甫著. -- 增訂新版.
-- 臺北市：九歌, 民99.10
面； 公分. --（蔡文甫作品集；7）
ISBN 978-957-444-714-5（平裝）

857.63　　　99014457